书林漫步

［英］威廉·达文波特·亚当斯／著

赵海萍　徐　睿／译

南方日报出版社
NANFANG DAILY PRESS
中国·广州

图书在版编目（CIP）数据

书林漫步 / （英）威廉·达文波特·亚当斯 (William Davenport Adams) 著 ; 赵海萍, 徐睿译. 一广州 : 南方日报出版社, 2024.6

ISBN 978-7-5491-2797-9

Ⅰ. ①书… Ⅱ. ①威… ②赵… ③徐… Ⅲ. ①散文集一英国一现代 Ⅳ. ① I561.65

中国国家版本馆 CIP 数据核字 (2024) 第 006061 号

SHULIN MANBU

书林漫步

作　　者：威廉·达文波特·亚当斯
译　　者：赵海萍　徐　睿
出版发行：南方日报出版社
地　　址：广州市广州大道中 289 号
出 版 人：周山丹
出版统筹：刘志一
责任编辑：陈　焱
装帧设计：邓晓童
责任校对：熊丽思
责任技编：王　兰
经　　销：全国新华书店
印　　刷：广东信源文化科技有限公司
开　　本：889mm×1194mm　1/32
印　　张：5.5
字　　数：112 千字
版　　次：2024 年 6 月第 1 版
印　　次：2024 年 6 月第 1 次印刷
定　　价：36.00 元

投稿热线：（020）87360640　　　读者热线：（020）87363865

威廉·达文波特·亚当斯

（1851—1904）

William Davenport Adams

Rambles in Book-land: Short Essays on Literary Subjects

根据伦敦Elliot Stock, 62, Paternoster Row公司一八八九年版本译出

笔者先前曾有《书林僻径》一书，颇得大西洋两岸读者的青睐，受此鼓舞，于是冒昧又纂此一册，无论旨趣、风格，还是篇幅、装帧，悉与前书相仿，期望亦能有前书的好运。与前书一样，此书无甚高远志向，只是以简短篇幅、轻松笔调，浅浅地谈些文学的事情，而所谈之事，正是笔者自己感兴趣的，相信同样也能为读者接受。

到四处漫游。

——卡图卢斯《第六十八首诗》选句

目　录

待书之道

如何对待书籍，可以说是尽人皆知。在一些人看来，这似乎是很简单的事，几乎无需建议，不用劝诫。“那有何神秘？有何可学？你翻开一本书，读完，放下，就好了，还要什么？”我们可以想象有人会这么问，但对书痴而言，这些问题令他心碎。多么的冷漠！多么的轻浮！多么的缺乏崇敬啊！对尊崇书籍者，如此轻率地对待这个问题，简直可怕。待书之道——不错，它本身就是一门艺术。对于真正的信徒，待书之道无疑是天性，不过，即使是最粗心的人，只要肯用心，也终有得此道之时。

当然，待书之道只适用于真正的书，即表里如一、内外兼优，可堪善待长存之书。以此观点，有一些出版物，平常称为书者，如新出平装书，不属此列。新出的平装书，说到凸版印刷本（以法文版尤甚）自是无可挑剔，但是该拿它们如何？该如何待之？可以想象，此类书本就不指望历久而不坏，也不指望它们妥善装订。它们书角会卷，书页未订好，不可能让人尊重，只适宜于吸烟室中或安乐椅上的基本用途。这些书的书角可卷折，书页可涂写，可任意而为，不会让折角或涂写之人感到羞耻。只有当它们穿上布衣，或覆以其他较为牢固的封面，才可算是书，否则如何指望以书待之？

确实，平日交往中普通的“铁路小说[1]”，也不可能求得更多尊重与善待。有同情心者或贪婪之人，确实看重这些耸人听闻的“盛装”发行物，读完了就把它们放上阴暗的书架，排成邋里邋遢、破破烂烂的一排。然而这些人并非真正的藏书家。真正的爱书人可能会将这一个弗罗林[2]的“惊险小说”细细读完，但读完后，要么扔在车厢，要么，假如带回了家，就将其托付给不起眼的柜子，让它排在那儿，不当它是书，而是废旧杂物。甚至，对这以弗罗林作价的“骇人听闻之作”的“富家亲眷”，就是多达两三卷的长篇小说，他也简慢粗鲁。这些亲眷当然进得了最好人家的上佳房间，而且，当时也沐浴在富足的阳光之中，但转瞬就成了明日黄花。它们得过宠，然后就受了冷落，至少就其两卷三卷的形式而言如此。两卷也好，三卷也罢，它最终流落到了海边的流通图书馆，然后悄无声息地形影无着。谁也不知道那两卷三卷的小说如何结局，它们不知怎么的，就这样从生活中消失了踪影，假如有重生的那一天，也只是以单卷本的形式复活，以这种身形进入私人藏书，那时，也只有在那时，它们才成为藏书家留意的对象，有望逐渐成为经典，并进入真正的书之列。

对真正的书而言，只应有“最特别的体贴”。首先，拿起它、握住它的手应该绝无半点污渍，而且，还要绝对干燥。要是忽视了这些预防措施，那精美的书本封面会落得悲惨的结局。其次是

①铁路小说，原文为“railway novel”，指适合坐火车旅行时阅读的廉价消遣小说。
②英国银币，价值两先令。

裁切的问题，就是将书页裁开。嘿，这点区区小事，谁都觉得自己能做，就像驾驶一辆轻便马车、打理一家剧院、编辑一份报纸那样。这些事做起来似乎都是轻而易举的，何况是玩玩裁纸刀。裁纸刀看着无妨无害，可是，它曾经造成多少灾难！它谋杀了多少书页，枉要了多少书的性命！它割出了什么样的缺口，留下了什么样的创伤啊！到了无能者的手中，裁纸刀就是一件可怕的武器。难道，裁开一本书不是值得我们诚惶诚恐、战战兢兢的大事吗？！造诣深湛之极的裁书者，动刀之前也会三思。他必须首先考虑书中纸张的折叠方式，其次考虑纸张的质量与纹理。没有工夫的，将刀插入折页形成的每一个空隙；得过指点的，会先研究纸张折叠的方式，然后一次切开数页。而且，他根据纸的强度用刀，纸薄而软，危险就大，有许多障碍需要克服。沿书页顶边奏刀时，他还一定会切到紧贴锁线处。技术不精的，间或忽视此明显的职责，其结果不是割破就是撕裂。一本裁切精良的书，确是颇堪玩爱之物，因为自此开始，书已可堪其用，其未来是光明的希望。

接下来是真正的阅读及阅读模式。在这一点上，先要说的必是警告。第一是几种情况不可展读。读书不可近炉边，除非确是阅读者觉得一钱不值的书。热衷于向火而不操心书的命运，只是不时陶醉其中者，手执一卷向炉而读，可以理解。然而，热气必使封面弯卷，或发生其他变形，若主人或保管者对书有一丝一毫的尊敬，则不应让它受热气之熏。另，除书中之麻风病和贱民外，一概不应在就餐时阅读。孑然一身的单身汉和老处女，人们不忍心剥夺他们的慰藉，或可边进食边看书。没有人说在餐桌上看书是不愉快的事情。那是很令人愉快的，我们都曾沉迷其中，也许我们都会继续沉迷。但即使如此，还是不应该允许吃饭看书。首先，它有害消化，更糟的，是它可能对书有害。即便看书之人万般小心，也无法避免灾难发生。那个油脂恶魔诡计多端，无处不在。白色桌布看似纯洁无瑕，但随时都会沾上污渍。书虽然远离饮料和食物，但可能会有人在一页两页上留下一个印记，爱书之人即使费神劳力，百般痛苦，也无法抹去。

确实，一个人要是发现，由于自己的愚蠢，损坏了印刷匠和装订工的艺术品，无论这损坏多么轻微，他该有多么痛苦！哎呀，即使桌上不会有油污，那书也很危险。把书放在花瓶旁边是危险的，花瓶可能打翻，书的封面可能沾上水渍，无法修复。桌布也是危机四伏，即使它没有打湿，也可能沾了灰尘。有些人看书会用纸将书包起来，这是细心的表现，不弄脏封面。但是，书包了书皮，最不讨人喜欢，如果可能，总还是不包的好。还有一些人，将书硬按在阅书架之上，使装订不堪折磨，或许碰巧人走开而书未合上，书页暴露在尘土飞扬的空气之中。可以肯定的是，这比那等把打开的书，书页朝下置于桌上的（不管有无桌布），似乎要好些，尽管也好不了多少。只有不敬书者才这么干。

可怜的书所经受的考验真是不可谓不严峻。上文已谈到折角与涂写，那都是魔王的发明。它们永远无法彻底根除，还会给鲁莽的作恶者带来永久的耻辱。凡此种种，没有一个真正爱书人不会感到愧疚。真正的爱书人，会在没有灰尘的地方将书摊开，另取一张纸做笔记，用书签标记读到了哪里，随后再把书存放在不会磨损的地方。待书之道，唯此而已，对一个井然有序的人来说，舍此无他。

姓名首字母*

前不久，一位名作家发了一条类似声明的东西，称字母"Q."作文学笔名，差不多应由他专用。此前他在一众日报周报发文，即署此名，并以此名出版作品一部，而另一位作家居然如法炮制，出于同一目的，用了同一字母，令他不甚爽快。事实上，如此使用"Q."的"当代名人"，并不止于《特洛伊镇》和《当代戏剧家》的作者。我相信，埃德蒙·耶茨先生为现已停刊的一家伦敦晚报撰写系列文章之时，即已署此名。而且，我们还可能注意到，有一位女士，即简·泰勒（Jane Taylor），也曾在给杂志撰稿时用过，她是把这个字母翻了倍，用的是"Q.Q."。

必须承认，仅用一个字母，无论是否姓名首字母，作为nom de guerre①，总是多有搅混之时。谁能指望一个字母他一人独占？显然不可能。有权在作品上署上一个字母的人数不胜数。当然，在当时，人与人无法分清，这不仅可能，实在是大有可能。不久，扬糠存谷，去了一些，留下一些，如此，以首字母所作之姓

---

* 此文涉及的英文姓名首字母缩写或简称，无法用中译表达，所以保留了原文，以帮助读者理解。

①法文，意为"假名"、"化名"。

名简称即成历史。以“A.”为例，在诗歌领域有一绝佳例子，它是马修·阿诺德（Matthew Arnold）的笔名。阿诺德仅用这一个字母作为身份识别手段发表的诗歌，可不止一卷。在《格拉伯街协会回忆录》中，蒲柏（Pope）是“A.”。骚塞（Southey）夫人的一些即兴文字署名“A.”,《时代书册》中的“A.”可以认出是基布尔（Keble）。但是，一众名人之中，阿诺德最有权署此名。于阿诺德，“A.”确是其姓氏首字母；于他人，“A.”不过一假名耳。

字母表中的其他一些成员，一直很是出名的，其名气是只多不少。在我们自己这个时代,《泰晤士报》有一位报道贵族及法律事务的通讯员因袭习惯，获得了“B.”的使用权；希腊文形式的“D.”，代表D.M.莫瓦尔（D. M. Moir）和本杰明·迪斯累利（Benjamin Disraeli）；“E.”一度是托马斯·厄斯金勋爵（Thomas, Lord Erskine）的简化签名；“M.”为杰拉德·莫尔特里（Gerard Moultrie）在《国民赞美诗集》中所用，也为休·米勒（Hugh Miller）一些谈鲱鱼捕捞的信件所用；“T.”则是丁尼生男爵（Lord Tennyson）一八五九年在《泰晤士报》首次发表诗歌《战争》时的朴素署名。上述种种，均是使用姓名首字母的例子。为了化名而改了字母的例子，也不在少数。《微观世界》中的“B.”是坎宁（Canning），在《文学报》上是布莱恩·沃勒·普罗克特（Bryan Waller Procter）。《时代书册》中的“C.”是神学家皮由兹博士（Dr. Pusey），帕默斯顿勋爵（Lord Palmerston）有时署“E.”。文学史上更为显著的是“L.”、“U.”和“V.”，因为《保罗·费罗尔》的作者阿彻·克莱夫夫人（Mrs. Archer Clive）的所有诗歌均署“V.”

之名发表，“U.”是朱利叶斯·C. 海尔（Julius C. Hare）为《推测真理》撰文时所用的名，凯瑟琳·斯旺威克小姐（Miss Catherine Swanwick）的诗集则全以“L.”之名出版。

读者诸君或许会想，用两个首字母，此名仅为自己一人所用，其可能性应会增加。其实不然。谁能说“A. B.”里藏的是亚历山大·布罗姆（Alexander Brome）还是安德鲁·博德（Andrew Borde）？隐身在“A. G.”之后的是艾格尼丝·吉伯恩（Agnes Giberne）还是阿尔弗雷德·加蒂（Alfred Gatty）？“E. S.”是指爱德华·斯蒂林弗里特（Edward Stillingfleet）还是埃尔卡纳·赛特尔（Elkanah Settle）？两个字母不足以区分。即使是三个字母，想要确定身份，尽管几率大大提高，仍然拿捏不准。三字母的人名在文学史上也有非常出名的。比如“L. E. L.”，它的名气可比其全名大得多。“L. E. L.”有崇拜者，而莱蒂霞·伊丽莎白·兰登（Letitia Elizabeth Landon）却或许几乎无人想到。多少年来，无论口头还是笔下，人们谈到 C. S. 卡尔弗利（C. S. Calverley），都只说“C. S. C.”。另有一位写轻松诗的当代作家，除了“C. C. R.”，其名几乎已湮没无闻。曾几何时，“H. A. L.”之于运动和旅行类文字的读者是多么亲切，“S. G. O.”一名在《雷神报》[1]版面上又是多么常见，这些毋庸在下多言。此二人，一是 H. A. 利韦森少校（Major H. A. Leveson），一是西德尼·戈道尔芬·奥斯本勋爵（Lord Sidney Godolphin Osborne），均绝非恶名。首字母用于署名，最奇特者当

①对《泰晤士报》的戏称。

数美国作家伊丽莎·布朗·蔡斯（Eliza Brown Chase），其姓名首字母“E. B. C.”对应的是高音谱上的音符。

四个首字母一组的，其历史无需笔者多费笔墨。只看“A. L. O. E.”的小说和“A. K. H. B.”的散文大受欢迎，就已多少让人非常清楚。前者基本是“英格兰夫人”（“A Lady of England”），后者多数人都知道，是真实姓名的真实首字母，即圣安德鲁斯的 A. K. H. 博伊德教士（Rev. A. K. H. Boyd）。更有趣的，是不同的人使用首字母，时时会有些变化。有时，单个字母后会跟一个破折号，如“J—— S——”代表约瑟夫·斯宾斯（Joseph Spence），“D——G.”代表乔治·丹尼尔（George Daniel）。有时使用点点或星号，如“Lord B.......”表示布鲁厄姆勋爵（Lord Brougham）。又有些时候，首字母和尾字母都要请出来效力，比如理查德·斯蒂尔（Richard Steele）的“R——d S——le”等等，不一而足。但在这种情况下，作家倒不是想隐藏身份，反倒是希望人家花些功夫来发现自己。有些人用首字母，姓名上还加上职业，于是，“H. K. B. C.”的意思就是奇切斯特主教亨利·金（Henry King, Bishop of Chichester），“T.R.D.J.S.D.O.P.I.I.”就是爱尔兰圣帕特里克大教堂教长乔纳森·斯威夫特博士教士（The Rev. Dr. Jonathan Swift, Dean of Patrick's in Ireland）。很久以前，欧文·曼宁先生（Mr. Owen Manning）出版《推理数种》，用的 nom de guerre 是“A.G.O.T.U.O.C.”，意思是剑桥大学的一位绅士（a Gentleman of the University of Cambridge）。这算是创下记录了，但还是赶不上 A. A. 赛克斯博士（Dr. A. A. Sykes）。有一部谈《新约》“魔鬼附体者”的作品，这位博士在扉页上的署名是“T.P.A.P.O.A.B.I.T.C.O.S.”，指的是萨勒姆教堂阿尔顿–博莱利斯赞美诗领唱和受俸牧师（the Precentor and Prebendary of Alton-Borealis in the Church of Sarum）。

说实在的，首字母使用上倾注的聪明才智真无止境，其形式五花八门，从“A. A. A.”（Baroness Blaze de Bury，布雷兹·德·伯里男爵夫人）到“A. B. C. D. E. F. G.”，从“F. A. C. T.”[①]到“Q. E. D.”[②]，应有尽有。哈尔赫德（Halhed）和谢里丹（Sheridan）出版的《阿里斯泰尼忒斯情书》，把两人姓名首字母合二为一，成了“H. S.”。博蒙特（Beaumont）和弗莱彻（Fletcher）发表《坏兄弟》，用的化名是“B. F. J.”[③]。有的作家发表作品所用的字母组合，根本就没有实际姓名首字母的线索，如斯威夫特教长的“C. B.”、肯主教（Bishop Ken）的“H. D.”、丹尼尔·笛福（Daniel Defoe）的“L. M.”、理查德·本特利（Richard Bentley）的“P. D.”，诸如此类，无穷无尽。以此种或彼种方式使用姓名首字母之做法，将来似乎也不可能停止。以文为生之人谦逊而又神秘，姓名首字母是其可用的自然资源。我们很小的时候，大人就教我们用“M. 或者 N.[④]”来作自我描述，那时所受的教诲，深深渗入到了文学人物的心中。

---

①此名可作英文单词 fact 看，有“事实”之意。
②此名可作拉丁文看，意为“证讫”。
③意为“博蒙特、弗莱彻合著”。
④此处原文是“M. or N.”，泛指常见的姓名首字母。

肴食谈趣

有一位同胞，操一口斯特拉福法语[①]，巴黎一舞女问他在剧院坐何处，他答："Mademoiselle, dans une loge rôtie。[②]"（他的意思是坐在"grillée[③]"。）这位女士说："Ces diables d'Anglais pensent toujours à leur Rosbif 。[④]"必须承认，英国人确实经常想到烤牛肉，而且对此并不感到难为情。很久以前，雪利·布鲁克斯在《笨拙》上问："英国人是什么做的？"然后，他自答说：

果酱饼，烤牛肉，

一品脱上好干红酒，

是这些把英国人造就。

毫无疑问，吃——更不用说喝——是日常的主要谈资，从而自然在文学中得以充分体现，于机智幽默的文学作品中尤其如此。巴特尔·梅西在其故事中说："肚腹空空，何来智慧？"因

---

①参看乔叟《坎特伯雷故事集》中写一位女修道院长，"讲得一口文雅的法语，不过是斯特拉福修道院里的法语，巴黎的法语她并不会讲"。
②法语，意为"小姐，我坐在烤房里"。
③法语，意为"厢房"。
④法语，意为"这些英国佬，总是想着他们的烤牛肉"。

此，不但 diseurs de bons mots[①]拿吃说事，就是轻松的诗人和散文家也大谈味觉与饭食。蔬菜拌以水果，堆成塔状，名为“Macédoine”，让乔治·克罗利口出妙语，说那是为了给食欲一个“fillip”[②]。人们不会忘记，在威廉·索耶戏仿丁尼生的作品中，那位母亲也正是凭那陌生人的胃口，认出是自己的儿子。卡尔弗利写道：

我的心自是汤煮油煎，

我的胃口却丝毫不减。

进嘴的食物与上心的情感之间有着鲜明的对照，从而产生许多讽刺短诗，卡尔弗利的诗句是此类短诗的典型。拜伦尤其喜欢把食物与情感放在一起，形成反照。他说，没有人喜欢“在吃饭和恋爱时”受到打扰，而且，按他的记载——尽管，我应该说，他的记载没有同情的感觉——赣第德发现，进食之后，生活最可忍受。

拜伦自己有消化不良之症，他把饭钟称作“为灵魂敲响的警钟”，但是，他还是承认，受一顿饭折磨之后，其结果之痛苦，可不止 mauvais quart d'heure[③]。在他笔下，唐璜有一次对着树叶和花朵沉思：

---

①法语，意为“伶牙俐齿、妙语连珠之人”。

②“Macédoine”意为“蔬菜水果什锦”，与 Macedon（马其顿）形似，因马其顿为多民族杂居之地而名；“fillip”意为“提振”，与马其顿国王腓力（Philip）同音。克罗利所言为双关文字游戏。

③法语，意为“片刻的不快”。

他忘记了道路，忘记了时间，
待他再看表，
才发现时间大获全胜——
他还发现把晚餐忘了个一干二净。

卢特雷尔曾对普朗谢说，声称不喜欢盛馔之人，不是傻子就是骗子。这样的讥评，倒是落不到贺拉斯·史密斯的头上，把饭食作为《情歌》主题的难道不是他吗？在《情歌》中，他问：

谁能使出如此不同的手段，
迎合圣人和罪人的口感?
谁能如此触动他们的心弦?
只有你，我亲爱的美味晚餐!

詹姆斯·史密斯以“伦敦之贺拉斯”之名，颂赞餐食节俭，他不点鹿肉，只是点了一份牛里脊，并声称：

谁要是每个人头要吃掉一个几尼[1]，
那凭他的人头，永远弄不到一个几尼。

阿尔弗雷德·奥斯汀先生甚至曾详述“美餐”对道德的影响：

何物有此魔力将圣人与罪人分辨?
——是布道？呸，拉倒吧！是一顿晚餐!

①英国旧时金币，价值二十一先令。

伴随正餐左右之物，也一向不乏各式颂扬。“美味的汤”是刘易斯·卡罗尔先生一首最有趣的滑稽模仿作品中的主题与副歌：

有谁不愿放弃其他一切来尝一尝，
这只有两便士一碗的好汤？

这便是他借《爱丽丝漫游奇境记》人物之口热切提出的问题。他不是也写过海象、木匠和牡蛎的歌谣吗？每当人们享用“鲜美的双壳贝类”，很难不想起这支歌谣。在邦·高尔蒂埃的《相思曲》中，鲑鱼大放异彩，诗中照例拿它说事，说是它引起了那所有的症状，要没有它，那可能就得归咎于波尔多红酒了。有一位莎士比亚学者很是逗趣，在一次节日聚会上，他引用道：“所有的鳎鱼，曾经都是四呎长。[①]”而不太尊贵的餐桌，鳎鱼很少上，用的是不上档次的鲽鱼[②]，于是，有一次鱼贩子的宴会就拿鲽鱼来嘲弄一位笨拙的演说家。如果是“禽类”，我们把注意力转到面前的雉鸡上，会不由自主地想起一位机智的人来。这位才子看到一位女士早上用面包屑和牛奶喂雉鸡，叫道：“啊！我明白了——原来夫人您在这里就做后面要用的面包牛奶蘸酱[③]了啊！”

上面已引詹姆斯·史密斯的诗，在那些诗中，他称喜欢烤牛

---

①原文为“All the soles that are, were four feet once”。soles 意为“鳎鱼”，另一义为“鞋底”；feet（英尺），另一义为“脚”，此语谐音双关。又，此语戏仿莎士比亚《一报还一报》第二幕第二场依莎贝拉所言“all the souls that were were forfeit once”（一切众生都是犯过罪的），soles 与 souls 同音，four feet 与 forfeit 音近。
②鲽鱼，英文为 flounder，该词另一义为“言语笨拙”。
③用牛奶和面包屑做成的调味酱，常用于蘸烤鸡、火鸡等。

肉。萨克雷在他那首自由轻松的《我厌憎波斯浮华》中，充满热情地谈到羊腿。他请露茜给他来“一条普通的羊腿”，它应该是：

娇嫩尚烟汁满口，
此肉应称第一流。

嗯，可能有，比如，一条猪腿。不过，我们希望，从一个方面讲，这条猪腿不要像某个主人的那一条，那个主人在猪腿中翻找填料，一无所获，引得剧作家普尔说，也许填料是在“另一条腿”①中！顺带一提，以前那位乔治·沃伦德爵士某日所吃可是比牛肉和猪肉都好。那一日他吃的是一条鹿腿！这一吃，吃出了轶事文学中的名段。乔治爵士似乎食量颇大，这从管家的话中可以看出——乔治爵士边吃边对管家说：“约翰，这个明天做一道土豆回锅肉可是一等一的。”管家回道：“没错，乔治爵士，要是您现在就不吃了的话！”

肉之后是布丁。提到布丁，人们不禁想起那首有名的讽刺短诗。诗的对象是一位有成就的女士，诗是这样写的：

打扮跳舞瞎闲逛，
请问都有啥用场？
亲爱的夫人听我说，
您做个布丁咱尝尝？

①原文为“in ‘the other leg’”，化用英语习语“on the other leg”（情况正好相反）。

水果成就了美国幽默作家查尔斯·达德利·华纳最聪明的一篇文章，而一种特别的梨，叫“玛丽·露易丝”的，其名字给了乔治·罗斯爵士启发，使他想到了人世间对女性最开心的赞美。达德利·华纳还用活泼生动的语言写过莴苣。另外，不但有悉尼·史密斯，还有已故的莫蒂默·柯林斯，他们所写的沙拉食谱富于节奏，谁会不记得？

近来最引人注目的茶点，大概要算《巫师》那段著名副歌中招大家来吃的那种：

现在主人请喝茶，
现在吃欢乐小蛋糕，
现在吃松饼和吐司，
现在吃开心圆面包。

谈到松饼，人们就会想到《猎蛇鲨记》中的那个人，为了让他“苏醒”，同伴不但用了松饼、芥末水芹、果酱，还用了冰块和明智的建议，可是冰块与建议显然与茶点毫无关联。冰有幸得到温德尔·霍尔姆斯博士的赏识，在题为《知足》的诗中，他告诉我们：

粗茶淡饭称我心，
三菜不比十盘轻，
天若赐余三道食，
感恩上苍护生情。

冷食于我一向好，
其中独爱香草冰。

晚餐倒没有那么多帕纳索斯山[1]美食家的歌咏。提到晚餐，最有趣的说法，得去伯南德先生的《幸福想法》中找，在该书中，佩灵格尔小姐弹奏了卢梭的《梦》，她那极其活泼的“变奏”，让“幸福思想者”觉得那是饱食一顿丰盛晚餐之后的卢梭。

①帕纳索斯山是希腊中部的山脉，古希腊人认为这是阿波罗和文艺女神的圣地，为诗歌的象征。

诗人与杯中物

若说才子哲人时时撰文赋诗，轻松机智地谈吃，则论喝，不管总体而言还是具体而谈，也绝对不稍逊色。对“杯中之物”，无论是啤酒还是葡萄酒还是烈性酒，一本正经地大加赞颂者，可谓数不胜数，但戏谑诙谐者，其细致周详，少说也是不遑多让，且更堪把玩。尼弗斯勋爵竟而至于振振有词，言人类在最原始的状态下，是“皮做的瓶子”，在他看来，这充分说明人类对酒偏爱有加。确实，无论是贺拉斯·史密斯之前还是之后，“杯中物”之于吟诗作赋之人，都是灵感的源泉。贺拉斯·史密斯公然对着“美人肩的明眸仙子”高呼：

噫吁戏！你我双唇紧接兮，
我喉头激情喷涌！
酒瓶也！吾爱之新生与热情兮，
只在你的身中！

权威人士，对喝酒一事，看法各异。温德尔·霍尔姆斯博士曾写过一首《社交聚会颂》，其上加了些所谓“某位滴酒不沾者所作之小改”的文字，行文如下：

皱眉　嚎叫　讥嘲　狞笑[1]
然后是微笑、酒杯、祝酒、欢叫，
威士忌加士的宁[2]，啤酒加老鼠药！
为了所有的好酒——我们这里好酒不少！
在酒窖，在餐橱，在阁楼，在客厅，
打倒！打倒那控制我们所有人的暴君恶棍！
万岁，为我们众人欢笑的快乐仆人！

人们担心，作出如此修订的抄写员，不大可能会同意阿特穆斯·沃德笔下“敞怀而饮，不予惩罚”的印度人，也不大可能会同意“任何一位邀请他们的人”。又是布雷特·哈特，给某位约翰逊描绘了一幅和蔼可亲的画像，那约翰逊自然是个美国佬，他特有的缺点（假如那也算得上缺点！）是：

有个愿望，真是疯狂，
想请街上遇见的每位能干白人男公民喝一杯。

人们会记得，哈特先生那些笔调怡人的诗歌中另有一位主人公，也想如此慷慨却无法如愿，究其原因，是他发现酒吧柜台上贴了一纸说明：“酒资须于出门前悉数付清。”有一点，饮酒之人自然都会同意，即喝酒须“公平”。我们似乎可以这么认为，伊丽莎白时代的约翰·希伍德就是为加强此意见的力量而写了以下讽刺短诗：

①此诗中划横线的文字表示“滴酒不沾者”对原诗的修改。
②士的宁，一种中枢兴奋药。

“我向你祝酒，汤姆。”“不，你是在喝我的酒，约翰，
因为你向我祝酒，一滴都没有给我留。”

若离开总括，转向具体，先看葡萄酒，会发现见证人多若云烟。拜伦一贯玩世不恭，他声称喜欢：

美酒，女人，和欢笑，
以后再喝苏打水和听布道。①

西奥多·胡克也用同样独特的笔法评论过某君。此人纵容一个书商朋友不顾健康而开怀狂饮，胡克对此人说，他似乎是倾空酒窖，全注入书商的腹中。再说回詹姆斯·史密斯，他告诉我们，他的葡萄酒系依岁时而饮：

我依季节换醇酩，
不随众人过大斋②。
冬天到了有开普，
夏日来临饮滕牌③。

让我们心存感激吧，我们的同时代人，以非常健康的方式发挥了他们的影响。乔姆利－佩内尔先生如此宣告：

In vino veritas④！——意思是

①此句译文引自查良铮先生译《唐璜》。
②大斋节是复活节前斋戒和忏悔的日子，为期四十天，纪念耶稣在荒野禁食。
③开普（Cape）、滕牌（Tent）均为葡萄酒名。
④拉丁文，意为“葡萄酒中出真理”。

男人喝了酒就是十足的混蛋；
那个“慢慢偷走我们脑子的小偷”，
只会使我们脾气冲天。
第二天早上带来一连串不幸，
但发现激情比以前安稳。
刚才是谁把我的鼻子拧？——
我还是去向招待打问。

意见倾向同样不错的，是英国漫画家及剧作家 F. C. 伯南德在其《幸福想法》中那位讲述者的话。讲述者的一个朋友——显然此君在酒窖中已待得太久——拍了拍他的背说："一品半尝很危险。[1]"布莱基教授写过一首令人钦佩的歌，歌中表明，一个人吸收了吞咽下的酒，证明"主体和客体合为一体"——真有玄学的精妙，不过，进入这种妙境，可能是危险的。

“给我香槟，我就心满意足！”怀特－梅尔维尔《蒂尔伯里·诺戈》中的一个角色这样唱。这个角色的观点仿佛吸足了酒精一样强烈。乔治·特里维廉爵士在一首讽刺诗中颂赞“埃尔金勋爵的干香槟”，埃德蒙·耶茨先生则至今仍是公认的伯瑞格雷诺香槟的桂冠诗人：

酒杯的边缘，
串串脆脆的泡泡，

---

①戏仿英谚“一知半解很危险”。

供我畅游的大海，
扔掉所有的烦恼，
悲伤永远不再浮上，
它在这海中沉没，
啊，最美妙的玉液琼浆，
欢迎啊，伯瑞格雷诺！

马洛克先生的反乌托邦讽刺小说《保罗与弗吉尼亚新传》中的教授说："我亲爱的牧师，我享受的是您喝的香槟，而您享受的是我喝的香槟。这就是利他主义——这就是仁爱。"牧师明白其中的道理，欣喜若狂地回答："为了您，我再喝一瓶。"赞颂雪利酒的却要少些。W. S. 吉尔伯特的《巴布民谣》里那个人对开心的甜品师傅说：

你为什么那么那么的快乐，没有忧愁？
是因为你良心纯净，还是那一杯又一杯的雪利酒？

人们确实会担心，他如此一说，存心是把这种祭奠用的酒往坏的方面想。波尔图葡萄酒活在胡克的故事中。胡克说一种老古董酒："这种酒里有喝的也有吃的，它是波尔图，还有酒壳皮。"更讽刺的是道格拉斯·杰罗德，他要的是"陈年波尔图，而不是比别的年长一点的波尔图"。库拉索酒为卢特雷尔的一首讽刺诗提供了要点，H. S. 利则说有个人喝多了霍克酒，就嚯嚯嘿嘿，阴阳不分[1]。至于各种烈酒，朗姆酒在拜伦口中根本就不是神圣先知。拜伦的品位差到吓人，居然把朗姆酒与“真正的宗教”一起列入使人精神平和之物。另一位拜伦，即 H. J. 拜伦，写了两句妙趣横生的双行体，于是白兰地在这两句诗中永远芬芳：

世上最少的一滴我也不会介意：
干邑是我从未拒绝的一个名词。

尼弗斯勋爵曾写过“喝威士忌醉到令人惊恐”的事。威士忌能量不小，也曾有许多诗人为之倾倒，包括美国的约翰·海伊。

啤酒这种饮料也有赞美者无数。巴里·康沃尔说：

啤酒力量无人可挡，
几杯下肚神清气爽。

《邦·高尔蒂埃》的作者借布尔沃·利顿之口如此评价“古英格兰历史悠长的神圣佳酿”：

它使心灵坚强——坚强的头脑是它魅力的证明——
它把英国粗壮手臂中沉睡的力量唤醒！

C. S. 卡尔弗利宣称：

啤酒有那样的力量。要疗救悲伤蛀蚀的心房，

① “喝多了霍克酒，就嚯嚯嘿嘿，阴阳不分”，原文为“he had had so much *hoc* he could only say *hic*”。hoc 是酒名，又是拉丁中性指示代词，hic 是拉丁阳性指示代词。利是在玩文字游戏。

啤酒杯乃是一剂良方，百试不爽。

在无礼的戏仿中，令五月女王[1]相思憔悴的，是一壶淡啤酒。即使是拉格啤酒，也在《布莱特曼歌谣》中获得了某种不朽。“就当他是半半啤[2]吧，”萨克雷在一个熟悉的场合说，“我们再也不看他这种人了。”同样，卢特雷尔在谈到一个爱喝酒的仆人时说：“他总是啤着。”卡尔弗利告诉我们：

首席女歌手一直微笑，最后疲乏无力，
就用瓶装浓烈黑啤重新聚集力气。

C. S. 凯利也曾对“白镴杯中冒着奶油般泡沫的浓烈瓶装黑啤”大加赞赏。卡尔弗利曾盛赞“奥尔索普生啤”，说喝了它可“吓呆导师”，萨维尔·克拉克先生讴歌“贝斯啤酒”之妙处，而《邦·高尔蒂埃》则在很久以前就已为“帕金斯纯啤”吟唱了。

①英国有庆祝春天到来的五朔节（五月一日），五朔节中选出一位五月女王，带领游行队伍。
②半半啤，原文为“half-and-half”，由淡色艾尔啤酒与深色苦味艾尔啤酒各半混合而成。

“他的朋友查尔斯”

他的名字并不总是叫查尔斯，尽管这个名字很常见。很多时候，他会以截然不同的名称出现。他是《伪君子》中的凯尔利斯①，《新婚三周》里的洛夫莱斯②，在《家具装饰用品商》中他是罗夫威尔③，在《以爱还爱》中是斯坎德④，在《恩主》中是杨格⑤，诸如此类，不一而足。他的姓名如此多变，但是无论洗礼时起了什么名，他总还是那个他，那个查尔斯，那个“他的朋友”。他是古时皮西厄斯的直系血亲，身旁总有一个名为达蒙⑥的生死之交。他是剧作家的宠儿，戏剧诞生之初就有他。他在《哈姆雷特》中叫霍拉旭，在《两朵玫瑰》里叫凯莱布。舞台上，到处都有他，只要有主角，就能发现主角身边有“他的朋友查尔斯”。

大体来说，这是个并不太尊贵的角色。查尔斯自己多半无足

---

①原文为“Careless”，意为“粗心”。
②原文为“Lovelace”，意为“浪荡子”。
③原文为“Rovewell”，意为“轻薄浪子”。
④原文为“Scandal”，意为“丑闻”。
⑤原文为“Younger”，意为“年轻人”。
⑥皮西厄斯（Pythias）和达蒙（Damon）是罗马传说中的一对好友。相传皮西厄斯因为触犯国王被判死刑，为了让他死前能回家探视父母亲友，达蒙自愿留在狱中充当人质，如果皮西厄斯不能按时返回他将被处死。结果临刑前皮西厄斯及时赶到，暴君为之感动，将二人释放。后来“Damon and Pythias”一语用来表示生死之交。

轻重，他的活儿就是敲敲边鼓。有多少人会在意霍拉旭呢？他存在的意义不过是听丹麦王子的吐露秘密，当后者失意沮丧时提供倚靠的肩膀，作王子的聊天对象，虽然晚了些，王子竟然也会纡尊降贵，认识到他的存在，偶尔拍拍他的肩膀。按编剧的话说，哈姆雷特的角色是“肥差”，霍拉旭是“瘦差”。只要剧情需要，他呼之即来，挥之即去。他哪有什么“关键时刻”、“紧要场面”？那些全是哈姆雷特的专属。查尔斯一族对那个他们称为“朋友”的人多少有点奴颜婢膝，他们的职责就是给主角配戏。他们即便有“台词”，也不过是为了引出主角登场。可以想象，查尔斯的标签要不是“他的朋友”，人们说不定常会觉得他是“他的敌人”。奥兰多叹道：“从别人的眼中看见幸福，多么令人烦闷。”可以想象，查尔斯着实不易，风头被别人抢尽，而他唯一的荣誉只是做那人的“朋友”！

如果认为查尔斯本人有这番感受，或许是凭空想象；但如果说他的扮演者会有此感受，怕是不无道理的。这些人大体分为两类：一类是正在打磨演技的年少优伶，他们在努力上进时扮演这个角色；还有一类是演技平平、一辈子都在扮演类似角色的年长伶人。新手虽然羡慕角儿占尽了鲜花和掌声，他们尚且可以安慰自己未来可期，日后他们也可能会有好多个查尔斯做自己的“朋友”。这种想法让他们止于艳羡，不至于满腹辛酸。但是，对那些总是扮演马洛身边的哈斯廷斯[1]的人来说，前路渺茫，他们连

---

①马洛、哈斯廷斯与下文的凯特·哈德卡什、内维尔小姐均为英国作家奥利佛·哥尔德斯密斯（George Goldsmith, 1728—1774）剧作《委曲求全》中的人物。

这点念想都没有。他们的梦想已然破灭，人生唯余怨天尤人或听之任之。希望听之任之的心态比一般人所说的要多一些吧。毕竟，抚今追昔，对着“人生赢家”一脸非愁即怒，那是很使人疲倦厌烦的。还是让我们相信，即便是最失望的查尔斯，也会倦于抱怨命运的不公，学会淡然接受自己的地位，随遇而安。

毕竟，成为主角的朋友也并非全无好处。旁的不说，他们至少有个不错的伴儿，至少也能沾点紧要场面中的光。霍拉旭可能会想起身为王子密友的好处，会想起王子经常向他倾诉心声、宣泄情绪，他们经常同台，所以总有机会和万众瞩目的焦点人物密切接触。他们甚至可以像十八世纪的查尔斯一样，成为戏中小郎君嘻嘻哈哈的朋友，和他们共商阴谋诡计，共患难同富贵。一些谦卑的人可能满足于此，他们甚至自我安慰，即使自己不是玫瑰，至少也与玫瑰为邻。此外，查尔斯往往有自己的感情生活，虽然这段情感对观众而言不及“他的朋友”的爱情那么引人注目，但是对他自己来说至关重要，至少有那么一时半刻也会得到观众的关注。他若能在谢幕时与心上人成双成对，吸引观众的片刻注意，那么在五幕喜剧中匆匆走过场也就值了。就算马洛与凯特•哈德卡什在台上的时候，哈斯廷斯和内维尔小姐也不至于被人完全忘却。

这一点或可让查尔斯的扮演者们聊以自慰，因为依附“他的朋友”确乎符合生活、顺应自然。有那么个角色，自然得有人顶上。这世上有过一些最让人钦佩的人物，他们的骄傲主要就是某某人的朋友。这无疑是放弃了个性，但是心甘情愿埋没自我的人何其多也！每天我们都会遇到一些只是“他的朋友查尔斯”的人，他们对这样的身份满心欢喜。在日常生活中，查尔斯自豪于做高位者的耳朵、智囊和钱袋。“他称我为‘我的朋友’”，查尔斯对此自鸣得意，也因此对他更加死心塌地。人家这么称呼他，他就很是不错，因为“他的朋友查尔斯”，不管是戏台上的还是生活中的，在这一点上与其他朋友不同，他所侍奉的人待他也不坏。主角虽然使唤他，倒也对他一心一意，也不向他借钱。前者既不会对他的甜心大献殷勤，也不会想着挖他的墙脚。严格说来，主角也不让他厌烦，因为“他的朋友查尔斯”总是非常乐意听从他的任何说话，不管他是王子还是情郎。

遗　珠

桂冠诗人丁尼生[①]近年新出诗集一卷，对其最忠实的崇拜者有双重吸引力。对其新作的期待，自然是他们满意的主要缘由，但令他们高兴的，并不止于此，而是还有一种好奇。他们好奇的是，丁尼生以前发表的作品，后面未再重印的，他会否让其重新问世，如果重新问世，则又将作何处理。不消说，这位桂冠诗人新近的《作品集》，虽是一厚册，却并不涵括他献给世人的全部作品。他后来出版的著作，时不时选录以前书中的作品，多数情况下，这些重刊受人欢迎，但还有不少没有纳入，要是看到那些作品收入将来的《作品集》中，即便是“难讨好”的批评家，也会很高兴。

阿尔弗雷德·丁尼生和查尔斯·丁尼生在一八二七年联手出版的那部诗集，其中的作品，似乎再也不会有重新发表的，尽管只要桂冠诗人愿意指明哪些作品出自其手，其崇拜者会非常开心。那本书中，好多作品都值得重刊，但丁尼生男爵或已明确放弃十八岁前的诗作。一八二九年获剑桥奖的那首《廷巴克图》也可能整首抛弃了。那首诗，整体而言，当然不成熟、不匀称，但其

①丁尼生（Alfred Tennyson，1809—1892），英国维多利亚时代著名诗人，曾获封为桂冠诗人（1850）并获颁男爵称号（1884）。

中有很好的部分，比如对这一想象中的城市的描绘，几乎有弥尔顿那种饱满洪亮；又比如，他对月亮上“白色城市”的刻画，对冬日的摹写——

呼啸的冬天给
海角覆上不受侵害的白雪——

对海湾的形容——

芬芳的风，
带着欢快的姿态，吹圆了金沙的海湾。

等等。然而，此诗总体优秀，偶尔却也有平庸浅薄、琐碎陈腐的描写，给它留下了污点，甚是可惜。在《记忆颂》中，诗人用了《廷巴克图》中的三四行诗，内容有关：

听着那从无垠的岁月
飘来的仙乐；

但是，他不太可能如法炮制，再次引用，而要将《廷巴克图》全诗重刊，可能性则更是微乎其微了。

到了一八三〇年那一卷，情形有所不同。这位桂冠诗人在不同的时间从那部集子中选择了一些作品，如《挽歌》《拟自白》《万物不死》《万物皆有终时》《北海巨妖》《我们是自由的》。他为何不更进一步，再多选一些？何不再来一两首十四行诗？特别是那首写爱的，其开头是：

需一切睿智方可知你，
至满头银丝方才知你：
透过包裹你的邪恶面纱，
我们才模糊地看见你；

它还有震撼人心的那一句：

在滚滚阴翳的骇人裂隙中那空洞的太阳。

为什么不再让我们读到《每一个白天都有夜晚》《海洛与勒安得耳》《一部未发表戏剧中的合唱》，特别是《英国战歌》和《国歌》？哪怕只是让后人更好了解桂冠诗人间或注入作品的粗犷和气势呢？有些诗句，如上述最后一首诗，诗意也许不很浓郁，却充满真挚的情感：

无论日光照到哪里，
都没有一片像英国那样的土地；
没有一颗心像英国人的心
那样勇敢刚毅。
无论日光照到哪里，
都没有一片像英国那样的土地；
没有一个人像英国人那样高大威猛，
那样有雄壮的胆气。

还有：

我们的荣耀就是我们的自由，
我们以自由扬威大海；
我们是自由之子，
我们是自由的。

一八三三年的一卷亦如此。有五首十四行诗，是先前的《作品集》所删除的，此卷逐渐收入其中，另外还收了《我的生活充满疲惫的日子》。可是，丁尼生为何如此执拗，将那首真正充满激情的十四行诗投入遗忘的海洋？那首诗的开头是这样的：

啊，美人，路过的美人！最甜美的人！
你怎能任我在叹息中浪费青春！
我只求坐在你的脚边。
你知道我不敢看你的明眸；

诗的结尾是：

似乎，如果我吻你，激动的大脑中
没有力量可以控制微妙的精神，
让它保持漂浮。甚至在我说话的时候，
光是“吻”这个词就让我的灵魂震动，
像鲁特琴弦，音符打破寂静，
在融化、沉寂之前，不住颤抖。

此卷还收了《金苹果园》，该诗有众多精妙的意象与语言，如：

蜿蜒的水流呼唤蜿蜒的水流啊：
让它们碰撞、飞溅、跌落吧！
从看守，从谋略，
生出秘密微笑的极乐。
不是所有的事情都告诉所有的人哪！
画出笼罩的黑夜半轮，
画出环绕紫色的黎明和黄昏。
昏星恨晨星，夜晚恨早晨。

此卷中还有那首生动活泼的《凯特》。在这首献给凯特的诗中，诗人说：

我将刺穿
铿锵战斗声中最黑暗的队列，
勇猛地左砍右劈
——在梦见我小姐眼睛的时候。

此诗无疑与《罗莎琳德》一样“值得保留”。《罗莎琳德》如今已在《作品集》中有了一席之地。

此外，自一八三一年始，散佚诗作无数。是年，诗人为《宝石》写了三首诗，其中一首《阿那克里翁体[1]抒情诗》，虽是无

①阿那克里翁（Anacreon，前582？—前485？），希腊亚洲部分最后一位伟大的抒情诗人，后世作家引用其诗句大多歌颂爱情和美酒，其观点和风格为人广泛模仿，称“阿那克里翁体”。

关要义之小诗，却值得永久流传。一八三三年的一首十四行诗，收入《友谊的礼物》的，也是如此。在诗中，作者劝谏读者：

完全放弃开心情绪，
向性情温和的忧郁屈服。

诗人还告诉我们说：

在阴沉的山谷中，
清脆的流水叮咚低语。

《新泰门与诗人》（作于一八四六年）当然永远不会再版，因为它的诞生源于一次争吵，而那争吵随后即告结束。然而，它有如此多绝妙的诗段，应该永远成为讽刺艺术宝库中的一颗宝石。“老泰门，他有一颗高贵的心”和“那个加了衬垫穿了胸衣的男人”这样的描绘，理应和其他诗句一起，在读者记忆中长存。写给麦克雷迪的十四行诗（一八五一年）也应如此。此诗在《作品集》中为何无处可寻呢？诗中提到莎士比亚“那淡淡而无处不在的目光”，还提到：

没有脑子的滑稽哑剧，
和不成熟男人趋之若鹜的那些镀金玩意儿。

这些诗句，难道有出其右者？此诗在麦克雷迪的《传记》中有，但它理应登堂入室，进入丁尼生作品的权威版本，并得到应得的荣誉。

值得重刊的诗歌当然远不止于此。这位桂冠诗人曾重新焕发了《一八五二年二月三日》和《携手共进》(同年)第一节的生机，后一首还新增了几节。但他却将《英国人，起来自卫》(也是作于一八五二年)弃之不顾，让《步枪手，列队》(作于一八五九年，又题《战争》)自生自灭。然而，我们多么希望《英国人，起来自卫》能够重新发表，哪怕只是为了这几行：

上帝护佑我英国，
护佑宽容，
护佑英国人以之著名的言论自由；

我们多么希望《战争》能重见天日，哪怕只是为了这样鼓舞人心的四行诗节：

暂时把你们的改良放到一边，
看着靶子，瞄准敌人把他们干翻。
哪怕城堡朽败腐烂，
也好过舰队沉没，城市火光冲天！

此外，《一起举杯》中删去了下列诗句这样有力的呼唤，谁能不感到遗憾？

西方巨人般的女儿啊，
我们远隔大洋为你举杯；
我们最了解你，我们最爱你呀，

因为你血管里流着英国的血。
假如战争的狂暴再次吹起，
不要让你的母亲
独自对抗暴君的武力，
你要让你的舷炮与我们一起轰鸣。

我无须再一一列举。可以看出，即使仅截至一八五九年，丁尼生受冷落的诗歌，如果再版也足以自成一卷。这些诗歌，为了读者公众起见，值得重印，也应该重印。我们希望，这些作品，即使诗人以后自己出版的诗集并不全收，也终有一天能为其他集子所录，而不是只让拥有诗人作品早期版本的幸运儿独擅其美。

公众看史

有一位作家，最近写了一部书专论亨利五世，他说，要描画这位君主的肖像，无论史实如何精确，想要人接受，超过很久很久以前莎士比亚所勾勒的，绝无胜算。这位作家，就是丘奇先生。他说，莎士比亚的哈尔王子（即后来的亨利五世）是“天才的创造，符合史实也好，不符合史实也罢，永远牢牢扎根在人们脑海里”。因此，尽管丘奇先生说，有种种证据证明亨利并不是戏剧大师笔下那个闹闹嚷嚷的年轻人，例如，加斯科因法官事件十有八九就是子虚乌有，但根本不用指望——也不用害怕——莎士比亚的哈尔王子会从大众头脑里抹去。丘奇先生自可阐释论述，但是与想象相比，真情实事又算得什么？对真情实事，我们不是忘记就是歪曲；对想象呢，我们倒是萦萦于心，在在不忘。

最糟糕的是——要是有什么“最糟糕”的话——这样的事情多的是，哈尔王子不过只是其中一件。莎士比亚的想象影响人思想的，不只是这一桩重要的。这位天才一直统治着一段英国历史，其时间之长，范围之广，令人啧啧称奇。对英国人来说，他的才华，使几乎整个中世纪都染上了他的颜色。约翰，理查二世，亨利四世、五世、六世，爱德华四世、五世，理查三世，亨利八世——这些君主全都是他戏剧的中心人物，他们的周围又全都有一群次要人物，每一个都栩栩如生，每一个都深深烙印在人们思想的视网膜上。而这种烙印，这种印象，不但是直接感受到的，而且大量承继，三个世纪代代相传。莎士比亚所描绘的英国人物，无论是王侯将相，还是泼皮无赖，英国人对他们的理解，不但来自阅读和戏剧演出，而且来自遗传。戏剧演出本来就生动逼真，我们那些出色的演员，又有精湛的演技，如此教授的历史，许多人都明白不足信，但所有人都觉得令人心驰神往，无可抵挡。

舞台的光辉是不可抗拒的。如今活着的许多人，他们所知道的腓力和玛丽，唯有丁尼生男爵写的腓力和玛丽，即欧文先生和贝特曼小姐所演的腓力和玛丽。丁尼生男爵这位桂冠诗人的《哈罗德》从未搬上舞台，但观众已经看到他《贝克特》的一部分，对于那些看过的人，他的大主教和亨利，他的埃莉诺和罗莎蒙德，无疑永远或多或少都是真实的。威尔斯先生的查理一世和克伦威尔如此，汤姆·泰勒的威廉三世也如此。可曾有过比威尔斯先生的护国公还生动的刻画？可曾有人从泰勒的威廉身上认出历史记载中那个小个子荷兰人？这些问题不值得回答。《斧头与王冠》中的伊丽莎白公主和吉亚柯梅蒂的伊丽莎白女王一样，都只是智力的产物，但她们活在观众的记忆中，栩栩如生。

号称历史小说的散文作品对公众之影响则更甚。酷爱戏剧的观众成千上万，嗜好小说的读者则数十百万。人们还未得到允许观看戏剧，就早已开始阅读小说；舞台还不曾向我们展现过去的男男女女，传奇故事就早已让我们的头脑储存了它们诱人的想象。丁尼生的戏还没有摆在我们面前，我们就都已经掌握了布尔沃－利顿[①]的《哈罗德》。还有，近年有多少人是从《醒者赫里沃德》书中得到他们对诺曼人威廉时代最生动的印象呵！任凭弗里曼[②]先生的文笔如何灵动，也赶不上那书中描写的诱人。至于伊丽莎白时代英格兰的音与色，又是谁给了更大的启发呢？是弗劳德先生[③]，还是那位不但写了《醒者赫里沃德》而且还写了《啊，向西！》的浪漫主义者[④]？弗劳德先生在大众中获得了成功，让许多优秀的人修正了自己对亨利八世的看法，使他们认识到亨利八世可能没有人家画得那么黑。但是，伊丽莎白时代的英格兰，大众所相信的，是金斯利描绘的英格兰，而不是弗劳德摹画的那个。

大众对金雀花王朝晚期英格兰的了解，也是得自布尔沃《最后的男爵》的勾勒，普遍认为，那些勾勒仅比莎士比亚灵感勃发的描绘略略逊色。无论如何，对大众来说，国王的创造者，他们所知道的，差不多只有布尔沃一人。就连哈里森·安斯沃思，只不过是有些才华，也想凭借生动的描绘，改变英国青少年的想象，使他们赞同他对英国历史人物的看法，而且是对不止一个人物的看法。萨克雷的《埃斯蒙德》是天才作品，其中出现过的历

---

①布尔沃－利顿（Edward Bulwer-Lytton，1803—1873），英国作家、政治家。
②弗里曼（Edward Augustus Freeman，1823—1892），英国历史学家。
③弗劳德（James Anthony Froude，1818—1894），英国历史学家。
④指英国作家金斯利（Charles Kingsley，1819—1875）。

史人物，很多人对于他们的了解和看法，全是因了这部作品。戈登骚乱存在于《巴纳比·拉奇》中，而在小说领域，身为历史教师的沃尔特·斯各特爵士，长期独占鳌头，与莎士比亚三百年来在戏剧领域的地位不相上下。我们心目中的理查一世，我们心目中的詹姆斯一世，还有许许多多别的人物，实际上都是斯各特的，而且只是斯各特的——完全不同于真实生活中真实的人。

此外，公众还有比小说和舞台还要强大的影响，那就是幼年和青少年时期包围着他们的影响，是学校里那些劣质教科书和滥情诗歌的影响。野史之根基，一向就是这些东西，现在依然如此。普通的人，想到早期的英国历史，就想到阿尔弗雷德大帝和燕麦饼，想到克努特和涨潮，想到鲁弗斯和沃尔特·泰里尔爵士，想到亨利和七鳃鳗（还加上另外一个故事，说的是他在儿子溺水身亡后，“再也没有笑过”），想到埃莱诺王后和那碗毒药，想到狮心王和布隆德尔——总而言之，就想到所有如画图般生动的古老传说。这些传说，当年放到我们的面前，仅仅是因为它们生动，如今我们记住了这些传说，也仅仅是因为它们生动。若要我们的子孙比祖辈父辈聪明，我们就得改革学校的读本，把柯珀、赫曼斯夫人等等那些心地软善的人推到一边，别让他们拿那些不是史实的轶事胡说八道。我们一定要注意，学校读本必须建立在实实在在、确凿无疑的事实基础之上，野史轶事之类，必须待年轻学子有了知识、不受误导之后方可阅读。

但是，反过来一想，为何要如此费神费力？

“古者不须因古确，”
新者亦非因新真。

设若我们儿时的“历史”是一堆幻想的故事，甚至，用沃尔波尔的话来说，“全是谎言”，那又如何？设若理查三世实为贤明君主，亨利八世实际德高望重；设若伊丽莎白不像我们想的那么“好”，她的姐姐也没有我们想的那么“坏”；设若最新的发现全都是千真万确的事实——那么，又如何？禁绝过去动人的故事，只留下一些无可辩驳、确凿可靠却寡淡无味的真事，我们又该得到什么呢？更何况，现在还远不能下定论。也许，刚刚刷白的那些人，慢慢地又会再次抹黑，也许会有一些记录冒出来，使他们更加羞辱。我们生活在革命的时代，不但是政治革命的时代，而且是文学革命的时代，如此大费周章关注车轮的每一次转动，似亦不必。

文人相轻

如今，几乎每周都有作家指责别的作家剽窃，不是剽窃他的作品，就是剽窃别人。文人相妒，当今以此形式最为常见。此种指斥，过去或多或少盛行，似亦毋需多言。一个作家出了一本书，最简便的方法就是说他“窃”。讽刺文学中多的是这样的攻讦。比如，有一首四行诗，写《谦逊的穆尔》，说他“每当背诵即带微笑”：

人觉其得意于自作甚高；
此举动实在无虚荣之心——
谦逊者或喜欢他人作品。

据说彼得·品达也写过类似的诗句，说剧作家奥基夫从他这儿盗取想法，窃得虚名：

我说，奥基夫，你不是小偷：
这些东西以前从未写过。

可是，剽窃这种事，有时纯粹是出于无知，有各种情况，也不算太过，当今文人相讥少有超出对剽窃的指控，但以前一代又一代作家，其讽刺指责却五花八门，在攻击方式上尽显伟大天才。没有什么是神圣不可侵犯的，只要看到敌人铠甲上有一条小缝，就急急朝它投出飞镖。例如，他们先是拿进攻对象的真名或化名做文章——拜伦就曾戏谑汤姆·穆尔和他的笔名“托马斯·利特尔[①]”；或者是朝着一帮诗人的通用称号开火，比如湖畔诗人：

来自湖畔实恰当，
稀释诗歌水泱泱。

有时他们笑话书名。有一位无名氏就写过一首双行体诗，说一部题为《不值一钱》的诗集：

保罗，我读了你的书，虽然写得不好，
书名却最有见地，我必须称道。

有人写到汤姆·潘恩的《理性时代》，说：“他的意思是叛国，他说此话大有道理。[②]”胡克称雪莱《解放了的普罗米修斯》很可能永远都会是这个题目：

因为要找一个读者傻到为装帧付钱，

①拜伦的原话是“Now ‘tis Moore, that’s Little.”，穆尔（Moore）发音类似 more（更多），利特尔（Little）发音同 little（少）。
②此句原文为“‘Tis treason he means, and he’s right to a T”。潘恩作品名原文为“*Age of Reason*”。reason（理性）与 treason（叛国）仅一首字母“t”之差。又，“to a T”为谚语，意为“完全”，“he’s right to a T”双关，意为“他完全正确”，也意为“应该给他一个 T”（加上 T，“理性”就成了“叛国”）。此句系文字游戏。

那还不得等到马月猴年！[①]

司各特的诗《滑铁卢战场》写得枯燥，厄斯金勋爵说，“在滑铁卢血染的平原上”，

无论是死于马刀还是枪弹，
没人败得有司各特一半的惨。

布莱辛顿夫人对罗杰斯《意大利》的评论异曲同工。《意大利》插图精美，布莱辛顿夫人说，这部作品要不是“绘得好”，一定早就“毁得好”[②]了。

尽管所有这些也都针对个人，但与一些批评家相比，就不值一提了。有的批评家，嘲讽起对手来，无所不用其极。他们越过姓名和作品的界线，对个人职业下手，使他们的攻击对象颇为头疼。约翰·希尔爵士身兼医生和剧作家二职，加里克对他这一双重身份的嘲弄尽人皆知，他那句“他的闹剧是良药，他的医术是闹剧”，我们耳熟能详。这个主题，可以有很多说道，加里克这位演员诗人就还有一首不是那么有名的四行诗：

你是酸模、缬草、鼠尾草提炼而成，
你们时代的耻辱与祸害集你一身，
你犯下了深重的罪行，愿你遭受最惨的果报：

①《解放了的普罗米修斯》原文名为“*Prometheus Unbound*”，其中“Unbound”意为“解开束缚的”、“未装订的”。

②“绘得好”原文为“plates”，意为“图版”，又意为“盘子”；“毁得好”原文为“dished”，意为“抛弃”，又意为“碟子”。布莱辛顿夫人玩了一把文字游戏。

读你自己写的诗，服你自己配的药。

就这，在另一位讽刺作家面前也相形逊色，那位讽刺作家说，要是约翰爵士先服的药，那他永远不可能读自己的诗了。医生兼诗人理查德·布莱克莫尔爵士，还在有生之年就遭受同样的不幸——而且后来还倒同样的霉，因为汤姆·穆尔形容他的时光是在死亡和史诗之间度过的：“整天乱涂乱画，又杀人如麻。”与此相仿佛，《书念人》[1]其他诗歌的作者斯蒂芬·达克原先是一个打麦的农夫，这个出身让人们觉得极为丢人。在一个适当的时机，达克进了教会，后来女王任其为军中牧师，于是斯威夫特写道：

打麦农达克居然把女王拿下；
俗话说得好，“连枷到处哪有篱笆？”
他打完麦子，转身去打脑子，
女王陛下赏赐他粮食：
尽管大家坦言，见过他诗歌的人
觉得都值不上麦秆一根。

剧作家凯利有一阵子是做紧身胸衣的，于是，有一位匿名作家对戈德史密斯说，如果凯利对《诺尔的缪斯》挑刺，觉得它形体结构过于松散，不够紧凑，那么他绝对不会拒绝给它献

①书念，《圣经》地名，书念女子事见《圣经·旧约·列王纪》。《书念人》为达克代表作，以《列王纪》故事为基础写成。

上一件新的胸衣！

然而，刻毒的还在后面。讽刺家们并未就此止步，他们不满足于对作家的职业说三道四，进而拿他们的性情性格说事。本·琼森就挖苦约翰·马斯顿性格懦怯。有人说小册子作家约翰·利尔伯恩太爱吵架，要是约翰和利尔伯恩葬在一起，他们会在坟墓里大干一场！约翰·德纳姆爵士取笑考利谈话沉闷，又调侃基利格鲁的戏剧乏味。德莱顿的同行作家攻击他背信弃义。乔治·罗斯爵士嘲笑小说家沃伦虚荣。再无别的可说，那就赏给作家们一些不明不暗的毁谤，这些毁谤，多半曲里拐弯地说他们是傻子。乔治二世册封西伯为宫廷诗人，蒲柏指责国王陛下居然宠用一头驴子。约翰逊的话稍礼貌些，他说天生了一个诗人给国王[1]，而一位无名氏作家则说得比较隐晦，他说古代君主养一位诗人还养一个傻子，乔治国王比较节俭，让一个人身兼了二职。西伯的事就谈这些。其实，西伯的才能与攻击他的那些人相比，毫不逊色。拜伦的表兄卡莱尔勋爵算不上是大文豪，这我们可以同意，但拜伦和霍兰德勋爵两个人都写下那么刻毒的文字说他——拜伦直截了当地说他是“一个令人生厌的人”——那就大不应该了。有一首诗写 M. P. 安德鲁斯的一部戏，措辞倒是文雅一些：

安德鲁斯写了一出喜剧，

[1]英国古代宫廷常养有傻子，供皇室贵族取乐。傻子有两类，一类是天生智障或身体有残疾的，称为“天生傻子”（natural fools），另一类是并无智力或身体残障而专事插科打诨的，称为“人工傻子”（artificial fools）。

据说充满了新奇，充满了妙语；
要是真有妙语，我会同意它两者兼具，
因为安德鲁斯的妙语一定是新奇之物。

实际上，就算是这，也等于说这位剧作家是乏味沉闷之人。

作家攻击作家，较为著名的有拜伦对骚塞和科贝特的攻击、詹姆斯·史密斯对拜伦的攻击、斯奈德对穆尔的攻击等等，但最令人愉快的是作家对评论家、翻译家、回忆录作者和其他天敌的攻击。蒲柏对本特利的挖苦非常尖刻，汤姆·穆尔对杰弗里的讥诮很是逗乐，一众匿名作家对帕尔博士和刘易斯·西奥博尔德的非难让人感同切肤。卡锡翻译贺拉斯，原文一页，译文一页，于是斯威夫特借卡锡自己之口说：

我可以自夸，有一点几乎没人做到：
我的书至少有一半很好。

彭斯称埃尔芬斯顿译的马提雅尔是“谋杀”，对特拉普译维吉尔，也是同样的评价。日记作者和回忆录作者所遭之难，如今大大胜过从前，但也并非现时独有。半个世纪前，托马斯·胡德就这样写夏洛特·伯里夫人的《乔治四世时代日记》：

众生如青草，
世人皆知道，
此理明如昼，
小狗不知晓。

死神挥镰刀，
青草全放倒，
伯里夫人来，
耙起晒干草。

传奇小说的盛行

人们经常注意到，如今最流行的小说多属异想天开之类。有人指出，传奇小说在流动图书馆中独占鳌头。毋庸置疑，如今的现实如此。而且对这点，虽然有时觉得非同寻常，其实也不必大惊小怪。这种讲故事的方式在我们之间可谓王者，要是对其没有迅速的反应，那才是咄咄怪事。长久以来，“黄油加面包”的日常生活派与“流血加打雷”的血腥暴力派各领风骚，后来所谓的现实派也偶露峥嵘，不过大体上还是关于鸡毛蒜皮的“家庭”小说与怪诞恐怖的“惊悚”小说占了上风。小说读者大体上轮流在这两种文学体裁之间变换。这些作品既浮夸造作又无病呻吟，因此人们预料，终将会引起读者的反弹。大家需要真正富有想象力的作品，这种需求实在迫切，不可能让它长期得不到满足。

事实上，散文叙事不乏对传奇的需求，这种需求一直以来就有，往后也将一直会有。它可能有时较为旺盛，有时不那么明显，不过某种程度上它一直存在。对年轻人而言，传奇永远不会完全过期，它随着心智的成长而更为热切。少时便接触《鲁滨逊漂流记》与《格列佛游记》，长大后自然一心希望也有类似的现代读物，于是便有了十几位作家笔耕不辍，创作了各种在大海中、陆地上大难不死、绝处逢生的故事。近年来最受推崇的青少年文学作家莫过于儒勒·凡尔纳，他的作品构思奇妙、意境瑰丽，以往的作家如埃马德[1]、玛因·里德[2]、埃德加[3]、金斯顿[4]皆莫能与之比肩。女性读者的想象力更甚于男性，豆蔻年华的少女往往对所能接触的作品中的精彩片段反复品味。成年读者自然较为平衡，不过年岁既长，他们很可能往往搁下现实性较强的作品，转而欣赏天马行空的小说。我们越觉得生活中的传奇渐行渐远，就越希望在小说的领域中寻找传奇，领略其中的妙处。

许许多多的英才投身这类文学而不自知，这极有可能。他们阅读了大量作品，这些作品，他们和其他人只是简单地称作“长篇小说”，却并没有去区分它是哪一种故事。可是，长篇小说与传奇小说的差异应该是显而易见的。除了都是创作的产物之外，二者几乎没有共性，其创作手法迥然不同。长篇小说的人物和情节多从日常生活中取材，小说家对其重新整合，作家本身并不提供材料。换言之，长篇小说的素材源自生活，小说家只是用全新的形式将其呈现给读者。从某种程度上来说，长篇小说家是摄影师，他们主要在细节处理上下功夫，他们不可超越界限，编造不可能的事情，这一点是肯定的。就此而言，长篇小说家不如传奇小说家，后者可以展开

①古斯塔夫·埃马德（Gustave Aimard, 1818—1883），法国通俗小说家，代表作有《阿肯色猎手》。
②托马斯·玛因·里德（Thomas Mayne Reid, 1818—1883），英国通俗小说家，代表作有《无头骑士》。
③约翰·乔治·埃德加（John George Edgar, 1834—1864)，英国传记作家、历史学家，以少年冒险小说闻名。
④威廉·亨利·贾尔斯·金斯顿（William Henry Giles Kingston, 1814—1880），英国作家，代表作有《捕鲸手彼得》。

想象的翅膀自由翱翔，没有限制。传奇小说家是小说界“特许的不羁之人”。他就像英国军队一样可以周游世界、随心所欲，他可以上天入地，无所不至。长篇小说家戴着社会生活的镣铐，传奇小说家则只要愿意，便能带领神魂颠倒的读者“潜入地底深海”。

传奇小说大致可分为探险小说和奇幻小说两大类。有时探险和奇幻可以结合，彼得·威尔金斯[①]误入羽人国娶妻的故事即属此类。赫赫有名的《格列佛游记》也有类似成分，尽管该书中的奇幻源于讽刺，并以讽刺为目的。众所周知，《奥特兰托城堡》[②]有“少许”超自然的成分，这种成分在家喻户晓的《弗兰肯斯坦》中更为明显——后者一反常规，塑造了一个人造“人”。《瓦特克》[③]的创意在于其《天方夜谭》式的性质；《扎诺尼》[④]有一定的神秘主义色彩，这种风格在作家的另一部小说《灵异故事》[⑤]中表现更为淋漓尽致。《艾尔西·文纳》[⑥]是许多“惊悚”小说的样本，其中的幻想成分远高于探险。扛纯粹幻想之鼎的，莫过于乔治·麦克唐纳先生[⑦]的《幻境》与奥里芬特夫人[⑧]的推理叙事小说（如《小朝圣

①英国小说家罗伯特·帕尔托克（Robert Paltock, 1697—1767）所著《彼得·威尔金斯历险记》中的主人公。

②英国作家霍勒斯·沃波尔（Horace Walpole, 1717—1797）所著的小说，开哥特式小说之先河。

③英国作家威廉·贝克福（William Beckford, 1760—1844）所著的小说，瓦特克为该书主人公。

④英国作家爱德华·乔治·布尔沃-利顿（Edward George Bulwer-Lytton, 1803—1873）所著的小说。

⑤书名原文是*Strange Story*，发表于一八六二年。

⑥美国作家老奥利弗·温德尔·霍姆斯（Oliver Wendell Holmes Sr., 1809—1894）所著的小说。

⑦乔治·麦克唐纳（George MacDonald，1824—1905），苏格兰作家。

⑧即玛格丽特·威尔逊·奥里芬特（Margaret Wilson Oliphant，1828—1897），苏格兰小说家及传记作家。

者》)。在奥里芬特夫人的小说中，作者可以说是放飞想象，以当时作家中最为大胆的笔触，对不曾为人见、不曾为人知的世界作了探索。

探险小说在英格兰一直都很成功，从《高卢的阿玛迪斯》①与《丹麦人霍格尔》②至今，这一传统延绵不绝。这类小说在伊丽莎白时代终于外为英用，并进了文学的殿堂，当时不仅出现了“阿卡狄亚”③等词汇，还涌现了诸如黎里④的《罗莎琳德》(《皆大欢喜》的原型)、格陵⑤的《潘多思妥》(《冬天的故事》的胚芽)等具有“田园风格”的作品。贝恩夫人⑥的《奥罗诺科》开创了传奇小说的新篇章，为它开拓了广阔的疆域，不久，让人耳目一新的《鲁滨逊漂流记》隆重登场,《隐士(菲利普·夸尔)》⑦以及后来无数关于独居生活的故事深受其影响。神秘血腥的故事在《林中传奇》⑧与《修道士》⑨中尽情得到渲染，随后就是历史小说的黄金时代，历史小说因司各特而辉煌，又

---

①中世纪著名的骑士小说，创作年代不详，据说在十三世纪末十四世纪初非常流行，十六世纪有西班牙语版。

②丹麦人霍格尔相传是法兰克查理曼大帝的十二圣骑士之一，文中作品疑指十三世纪巴黎雷姆贝尔(Raimbert de Paris)所作万行韵诗《丹麦骑士霍格尔》(*La Chevalerie Ogier de Danemarche*)。

③原文为Arcadia，原是希腊南部一地区，在诗歌和小说中常用于指代世外桃源。

④约翰·黎里(John Lyly，1554?—1606)，伊丽莎白时代“大学才子派”的剧作家。

⑤罗伯特·格陵(Robert Greene, 1558—1592)，英国小说家、散文家、剧作家。

⑥阿芙拉·贝恩(Aphra Behn, 1640?—1689)，英国著名的小说家、诗人和剧作家。

⑦据说为彼得·郎格维尔(Peter Longueville)所作的小说，讲述了一个鲁滨逊式的人物菲利普·夸尔在远离墨西哥海岸的无人小岛独自生活了半个世纪的故事。

⑧英国女作家安·拉德克利夫(Ann Radcliffe, 1764—1823)的一部哥特式小说。

⑨英国小说家、剧作家马修·格雷戈里·刘易斯(Matthew Gregory Lewis，1775—1818)的哥特式小说。

因利顿、金斯利[1]而卓越，还因波特小姐[2]、G. P. R. 詹姆斯[3]、哈里森·安斯沃斯[4]等作家而有趣——虽说算不得杰出。海上传奇在马里雅特[5]与库珀[6]笔下蓬勃兴盛，战地传奇则在利弗[7]与麦克斯韦[8]手中发扬光大。此外，皮科克[9]、萨克雷、狄更斯、迪斯累利[10]等人对传奇故事皆有贡献，查尔斯·李特[11]、薇达[12]、威尔基·柯林斯先生[13]、布莱克莫尔先生[14]、肖特豪斯先生[15]以及《金银岛》与《她》的作者亦各有所奉献。

未来依然是传奇小说的世界。随着世界的偏远之地越来越为人所熟知，探险小说会越来越少，但我们离传奇小说的完结还远

①亨利·金斯利（Henry Kingsley, 1830—1876），英国小说家、编辑、记者。
②比阿特丽克斯·波特（Beatrix Potter, 1866—1943），英国最著名的童书作家与插画家，因“彼得兔”系列故事享誉世界。
③乔治·潘恩·雷恩弗德·詹姆斯（George Paine Rainsford James, 1799—1880），英国维多利亚时代的著名小说家和历史学家。
④威廉·哈里森·安斯沃斯（William Harrison Ainsworth, 1805—1882），英国历史小说家。
⑤弗里德里克·马里雅特（Frederick Marryat，1792—1848），英国小说家，以历史航海小说见长。
⑥詹姆斯·菲尼莫尔·库珀（James Fenimore Cooper, 1789—1851），美国文学的重要先驱者和奠基人。
⑦查尔斯·詹姆斯·利弗（Charles James Lever, 1806—1872），爱尔兰编辑、作家。
⑧威廉·汉米尔顿·麦克斯韦（William Hamilton Maxwell, 1792—1850），爱尔兰小说家。
⑨托马斯·拉夫·皮科克（Thomas Love Peacock，1785—1866），英国小说家、诗人，雪莱的好友，二人在文学上相互影响。
⑩本杰明·迪斯累利（Benjamin Disraeli, 1804—1881），英国政治家、小说家、英国保守党领袖，曾两度出任英国首相。
⑪查尔斯·李特（Charles Reade, 1814—1884），英国小说家、剧作家、记者。
⑫薇达（Ouida），维多利亚浪漫小说家玛利亚·路易斯·雷米（Maria Louise Ramé, 或 Maria Louise de la Ramée, 1839—1908）的笔名。
⑬威尔基·柯林斯（Wilkie Collins, 1824—1889），英国侦探小说之父、维多利亚时代的惊悚派作家。
⑭布莱克莫尔（Richard Doddridge Blackmore, 1825—1900），英国维多利亚时代的小说家。
⑮约瑟夫·亨利·肖特豪斯（Joseph Henry Shorthouse, 1834—1903），英国小说家。

得很。无论是陆地还是海洋，勇气还是磨难，都还有很多的书写空间。痴心狂想的故事，是永无边界、永无羁绊的。想象不可能受到钳制，正如坎贝尔的“最后一个人类”，即使身处世界的废墟，依然可以将所思所想编成故事。或许随着小说获取素材的难度增加，传奇小说将大行其道，尤其是那些由幻想而生的奇幻故事，或将愈发增多，繁荣兴旺。

喜剧中的丘比特

英国戏剧家至少有一种倾向是无可救药的。他们并不总是都有想象力，到了写无可写的时候，就一而再再而三地求助于一样东西，那就是爱的激情。爱的激情可谓原始的激情。剧作家间或会写人类的其他情感和品质，但从来没有像写爱那样多，那样情有独钟。傲慢、虚荣、好奇、撒谎、厌世……上百种品质特征构成了喜剧的基础，然而全都是丘比特的手下败将。丘比特力压群雄，在舞台上称王称霸。

有时候，丘比特也亲自粉墨登场。除最近那部喜剧《那位丘比特医生》外，以他为中心人物的现代滑稽剧，人们记得的至少有两部；不算丘比特为“次要人物”的，只看他为“主要角色”的作品，也超过半打。人们也记得，有一位喜剧作家曾刻画《营地中的丘比特》，另一位喜剧作家，名叫布朗恰德·杰罗尔德的，则描绘了《侍奉中的丘比特》。《丘比特的复仇》，在博蒙特和弗莱彻笔下是悲剧，到了一位十八世纪作家手中，却成了“音乐田园剧”，而在其他戏剧的森林和田园中，也能找到丘比特的踪迹。然而，丘比特通常并不亲自现身说法，而是以他所代表的抽象品质出现。他是“爱神”，不但统治宫廷、营地、树林，而且统辖舞台。有一位剧作家，名叫谢里丹·诺尔斯，胆子很大，居然信心十足，狠狠抓住丘比特，声称丘比特完全属于他。就在半个世纪前，他的一出戏在科文特加登剧院上演，剧名就叫《爱》，非常简单，虽不能说野心昭然，却已足够明白。在该剧中，钟爱之情摧枯拉朽，所向披靡，将一位贵族小姐投入出身低微的书记员的怀抱。不过，此剧虽以那种取之不尽、用之不竭的情感命名，却并未打算将这种情感一扫而光，因此，以“爱”为题，亦可谓无所不包了。

可以确定的是，这个单音节词意义非凡，诺尔斯用以命名一部作品，独树一帜，自信无比。在他之前，似乎无人如此胆大包天，将“爱”独吞独占，在他之后，自然是无一人如此妄为，就算那最大胆的，将爱与其他品质或因素联系在一起，给人留下点印象，或者幽上一默，也就称心满意了。例如，《爱情与荣耀》搭配，一直受人欢迎，它是戴夫南特一部悲喜剧的题目，也是上世纪一部歌剧的剧名，还是我们这个时代一部小仲马法语作品改编的戏剧名称。《爱情与战争》也同样，它是一个作家一部悲剧的称谓，又是另一个作家一部音乐剧的标题。与此相似，有一部悲剧和一部民谣歌剧都叫《爱情与复仇》。在戏剧中，爱情曾与慈善、责任、财富、友谊、光荣、自由、忠诚、金钱、魔法等严肃一点的东西作伴，纯粹插科打诨的，它也曾与《瓶子》(法夸尔的作品)、愚蠢、痛风、半便士(一出法国戏)、饥饿(马迪森·莫顿著)、雨、牙痛等为伍，更不用说肯尼闹剧中的法律和医学了。

然而，剧作家的匠心并未就此止步。他们认爱情为其行当的最后靠山，无论哪种情况，都紧抓不放，使出浑身解数，对爱情的各个阶段都加以选择与利用。一方面，严肃的戏剧家写《爱的殉难》（过去三十五年中起码有三人加以描绘）、《爱的牺牲》（约翰·福特和G.W.洛夫尔均有阐释）、《爱的残酷》、《爱的受害者》和《爱的胜利》，不太负责任的作家则将注意力转向这种感情较为柔和、较有趣味的方面，如其冒险、其狡诈、其计谋、其伪装等等。西伯写的一部剧，讲述的是《爱情的最后一着》。《如胶似漆的爱》自然在舞台上得到演绎，爱的警报、爱的良药、爱的统治、爱的脆弱、爱的煎熬也曾吸引剧作家的注意。确实，爱情没有哪一种特征，没有哪一个方面，是文人雅士所不曾竭尽所能加以呈现的。他们展现了它种种能够想到的情状，诸如“背叛”“就范”“索然”“重拾”“从无知和愚蠢中解脱”“不知所措”“在玫瑰中间”等等——这最后一个爱情所在，是最讨人喜欢的了。埃思里奇描绘了《浴缸里的爱》，本杰明·格里芬有《麻袋里的爱》，还有一位匿名作家写了《水坑里的爱》。另外还有《烈火中的爱》和《黑暗中的爱》，也有《雾中的爱》《匆匆的爱》《修道院中的爱》《营地里的爱》《森林中的爱》《树林中的爱》《村里的爱》《城里的爱》《伪装的爱》《谜中的爱》《地狱边境的爱》。鲍西考尔特先生和已故的查尔斯·马修斯都有作品名叫《迷宫中的爱》。而这些根本不是呈现在读者或观众面前的全部。

爱这种情感，种类繁多，无穷无尽，这一点，最有力的证明是剧作家为其献出的大量时间和才能。爱似乎是取之不尽的。对爱的看法，永远都有新的观点。爱的力量是无法超越的。吉尔伯特·阿·贝克特说《爱情是盲目的》，可是萨维尔·克拉克先生和杜·特罗先生都说:《爱情获胜》。小考尔曼和凯利高喊《爱情嘲笑锁匠》，西伯断言《爱情使人成长》，泰瑟姆宣布《爱情最终为王》，不止一个权威宣称《爱情自会寻出路》。看到这，谁还会在意人家说什么《爱是笑话》《爱是彩票，女人是奖品》?在有的人眼里,《爱情是平均主义者》，但在别的人眼中,《爱情是最好的医生》(借鉴自莫里哀)。虽然有《橱柜之爱》，却也有《忠贞的爱》;虽然有《第一次爱》，却也有《第二次爱》。在不同的时期，对爱有不同的描绘，有的“英雄”，有的“古怪”，有的“致命”，有的“秘密”，还有的是“柏拉图式的”。德菲宣扬《为钱而爱》，康格里夫则提出《为爱而爱》;莎士比亚了解《爱的徒劳》，洛佛则向我们保证《真爱永不忘》。其他与爱情相联系的，还有《爱的魅力》《爱的追逐》《爱之锁》《爱之匹配》和《爱之考验》等，统统都在喜剧或其他戏剧中得到应有的歌唱。我们听说过《爱的家庭》《爱的游戏》和《爱的戏剧》。一位尚健在的剧作家写过《爱情故事》，他用了定冠词，仿佛天下只有这一个爱情故事。《爱了，失去了》是一部剧的名字,《为爱情与金钱》又是一部剧的名字。《因爱而病的国王》是悲剧题目,《因爱而病的宫廷》却是喜剧题材。上个世纪的一位剧作家刻画了一幕《相爱的敌人》，而昨天的一位剧作家则为我们描绘了一幅《爱中的女人》。

恋爱中的人，在戏剧文学中是应有尽有，数不胜数。小西伯的《恋人》颇为精彩，曼利夫人有《迷途的恋人》，而一位不太知名的作家则将恋人描述为《他自己的对手》。人们看过《代理恋人》，近年还有《抒情恋人》。有人还要求我们把兴趣投向《恋人的运气》《恋人的忧郁》《恋人的祈祷》《恋人的争吵》《恋人的守望》等等，不一而足，而总体上，我们的同情给了《恋人的惊喜》《恋人的决心》《恋人的誓言》及其他方面。事实上，这一主题引人入胜，没有边界。爱情形形色色，林林总总，漫无止境。爱情是一颗宝石，无论我们如何转动它，都不减它的光芒。

舞厅里的诗人

前不久，报纸上及其他地方对一场舞会的确切地点有过激烈的讨论，那就是滑铁卢大战前那场著名的“舞会”。拜伦曾在诗中对那场“舞会”作过描绘，那首诗几乎无人不晓，他的描绘使这次舞会永世流芳。

不知怎么的，舞会自有成为历史事件的本事，各种各样重大事件与舞会相关。曾有国王在舞会上遭暗杀，在有关爱情和私通的记载中，舞会也非常醒目。例如，在兰多诗中那盛大的舞会上：

美丽的年轻伊丽莎白女王，
对着脚穿高跟靴的埃塞克斯伯爵
嫣然一笑，拘谨又温柔。

《墓园挽歌》的作者格雷也以同样的手笔盛赞仪态大师克里斯托弗·哈顿爵士，说：

布劳尔舞由庄重的掌玺大臣领衔——
王玺与权杖在他前头起舞翩翩。

人们可能记得，克里斯托弗爵士也是《英戈尔兹比传说》中的人物，在传说中，他组织了一场盛大的“乔迁之喜”庆典，庆典上有一场舞会，在这场舞会上，他不知不觉款待了一个坏天使。的确，从诗人的作品中也许可以追溯舞蹈的发展。有薄薄的一卷诗集，收了凯瑟琳·范肖的作品，从中可以读到一首为“米奴哀舞最终覆灭”而唱的挽歌，而华尔兹的流行，遭到《唐璜》那位颇受诟病的作者怒斥，这也是众所周知的事。

可以肯定的是，舞会和舞厅在英国文学中有永久而牢固的一席之地，我们处处可以碰见。一些虚构的“狂欢”与真实发生的事情毫无二致，比如，罗密欧与朱丽叶初次相识相爱时“按照旧例”举行的宴会。另外，又有谁能忘记萨克林为我们描绘的婚礼庆典？那婚礼上的新娘如此优雅出众，她舞姿轻盈，

那复活节的太阳
也没有她一半姣美的模样！

在这场欢快的仪式旁边，再放上另一场婚礼——肖恩·麦克里恩的婚礼——不可谓不合适。罗伯特·布坎南先生用幽默而生动的曲调唱出了这场婚礼舞姿的光彩。在这两场婚礼的中间，马修·普赖尔讲了基蒂·海德小姐（后来的昆斯伯里公爵夫人）的故事，说她抱怨姐姐珍妮小姐（后来的埃塞克斯伯爵夫人）在舞会上“搞得欢歌笑语，把人家的心成打成打地带回家来”，却没人准许她自己（基蒂小姐）有这样的好机会。我们会想起，在利·亨特的《紫罗兰盛宴》中，阿波罗邀请诗人同时代所有的才

女参加的，就是一场舞会。普雷德在舞会上遇见他著名的“丽人”和那位同样著名的“舞伴”，那些舞会和真实生活中的一模一样。又有谁会不记得《莫洛尼先生讲述为尼泊尔大使举行的舞会》？在那首诗中，萨克雷用他最好的爱尔兰话叙说：

他们用旗帜和披肩
把威利斯宫的房间打扮，
用玫瑰和百合
把墙壁、楼梯与大厅装点；
朱丽安的乐队
就那么舒适地落座中间，
柔和的巴松管奏出天籁之音，
小提琴在那里拨动人的心弦。

想到这，马上就想到——联想就是这样的啊——丁尼生诗中的玫瑰整夜都听到的“长笛、小提琴和巴松管”。那是一个令人难忘的场合，“音乐在大厅里冲撞”，莫德的恋人并没走远，他还听得见

那车轮最后的回声，
压沙则发出柔语，碾石则声音响亮。

普雷德对他的“丽人”和“舞伴”的舞姿极尽溢美之词，但在这一方面，他的诗人弟兄们至少也可以和他比肩。莎士比亚《冬天的故事》中弗罗利泽对潘狄塔舞技的出色赞美无疑就是一

例。在《家中的天使》里，考文垂·帕特莫尔这样说他的爱人："她的动作……传达出音乐沉思的灵魂"，而她的舞裙，则似乎是

……会呼吸的薄雾
从那美丽的身体流溢而出。

乔姆利·佩内尔先生说，他的贝尔小姐的脚"看起来像是梦见了华尔兹"。汉密尔顿·艾代先生说他的克莱尔佳人"你的华尔兹真是完美无瑕啊！"，W.W. 斯托利先生也同样断言，那位被他不客气地描述为"音乐盒"的女士，"她非常适合一起旋转上一支华尔兹"。

别的诗人对舞厅却另眼相看。有些人在其中看到的只是一个社会拍卖场，谁出的价格最高，女士"商品"就归谁。这是阿尔弗雷德·奥斯汀先生在《季节》中的观点，出现在一节铿锵有力的诗中。莫蒂默·柯林斯也讲述了他的"小劳蕾特"一天晚上如何与伊弗林·维尔爵士跳华尔兹，如何"就在那支舞中下定决心""想要成为维尔夫人"。要说哪里能激起令人不安的激情，那就是舞厅。在奥斯汀·多布森先生的《暖房田园诗》中，弗兰克嫉妒"那吞云吐雾的老烟枪"，奈莉也一样嫉妒"那令人作呕的墨遢歪稀小姐"。跳舞中也有柔情，但这柔情往往是虚假的，正如多布森先生在《玫瑰传奇》中说的那样。《玫瑰传奇》讲的是一朵玫瑰花的故事，伊迪丝把玫瑰送给西里尔，可是，渐渐地，西里尔"玩世不恭地点起他的雪茄，轻蔑地把花往下一扔"。舞厅里，就像那位跨大西洋歌手所表现的那样，甚至可能无聊。那

位歌手去吃晚饭时尽管身边有“一位身穿丝绸的奇女子”，他还是觉得冬天的风都冷不过他从她那里赢得的微笑，

主人家的藏酒虽陈年久远，
不及我等贫语酸涩乏味长存。

并不是人人都能在舞厅中拔得头筹，赢得荣光，尤其是那些动作缓慢、身体笨重的人。埃德蒙·耶茨先生笔下的主人公，“四十岁了”，别人把他介绍给“一心要跳华尔兹”的米妮·布莱尔小姐，这时他发现，她看他的目光混杂着怜悯和震惊，当即宣布自己“已经有舞伴了”。兰多及时意识到，在跳加洛佩德舞时，他无法荡开“美人跳起时那缠人的花裙”，并承认他说不出“温柔的话，无论那话是真是假”。更近一些，有一位诗人表示，时间一定也会同样让爱好跳舞的女士失去能力——以汤姆森小姐为例，她的四个“季节”都结束了，却没有钓到一条婚姻的鱼：

汤姆森小姐的第四季也已过去；
带来的只是她觉得不愉快的经历；
汤姆森小姐，骄傲而美丽，
目前仍是在待郎上钩。

年轻的姑娘一直在想方设法，追求讨得舞伴喜欢的技巧，谈到这些手法，托马斯·海恩斯·贝利可称是桂冠诗人。他的一首诗作是这么说的：

对舞会舞伴该说什么
我非常清楚，不费思量；
我已经备下一两段漂亮的话，
无论是谁，都可派上用场。

但是，另一种性别也未能幸免，兰金教授描绘的《房间里最英俊的男人》中，就有许多他们应得的讽刺。至于其余的，乡村舞会不但有普雷德的歌唱，也有“C.C.R.”的吟咏，兵营舞会则有托马斯·胡德为我们勾勒。对舞厅的《告别》，爱德华·菲茨杰拉德的作品人所熟知，其描绘之精彩，无出其右者。C.S. 卡尔弗利编纂的舞厅《字母歌》则成了千古绝唱：

O是那奥尔加（当时正是全盛不衰）；
P是那舞伴，怎么也跟不上节拍；
Q是那夸德里尔舞，它替代了兰谢舞；
R是那反对的声音，是舞者的抗议书；
S是那晚餐，所有人一对一对去赴宴；
T是那废话，他们在楼梯上说个没完。[1]

①此诗中的每行起首的字母均为行中词的首字母，O 是 Olga（奥尔加）的首字母，P 是 Partner（舞伴）的首字母，Q 是 Quadrille（夸德里尔舞）的首字母，R 是 Remonstrances（反对、抗议书）的首字母，S 是 Supper（晚餐）的首字母，T 是 Twaddle（废话）的首字母。

口袋书

口袋书（pocket book）并非“小记事本”（pocket-book），亦即英文单词中带有连字符的那种。（短短一个连字符，竟有如此深意！）揣在口袋里的小记事本厚厚的一本，实用至上，行商坐贾和赌马下注者有了它才心安。我说的不是那种索然无味、平淡无奇的玩意儿。当然我们得承认，日常买卖所用的这种小本子也不是一无是处，它自有实际功用，譬如用于记账或是存放凭单。这种沉重的障碍之物，总有人离了它便怅然若失，倘若哪天忘了不免心下惘然，若是有人连这个都没有，少不得遭人白眼。口袋里的小本子就是生意，至少看上去如此。伶人在台上，若不能在恰当的时刻以一花哨的动作掏出它来，则很难演好律师或买卖人。这种口袋小记事本既是道具，又是财物，对许多人都是不可或缺的。不过，本人要谈的不是这种本子，而是“可以放进口袋里的书”，它是印刷书籍，因此是真正的书，是便于携带、令人心喜的书。

我们得承认，口袋读物毕竟是小众爱好，口袋书的收藏者无疑很少。这类口袋书当然可买到，最近就正在出版一本题材、字体、装帧都很可人的口袋书。不过，极少有人会“从口袋中掏出一本通读”，我们只不过是偶尔碰到一个勤勉的人在马车、电车或火车车厢中阅读口袋经典。这一情形情有可原。在外读书实属不易。交通工具，不管是哪一种，大都晃晃悠悠，着实恼人。两轮马车左右摇摆；公共马车非但摇个没完，还吱吱嘎嘎响个不停；有轨电车或火车车厢又多有干扰。更何况光线晦暗，认字吃力。火车车灯主要用于照明，而非阅读。夜幕降临后的公共马车亦是如此，即使你勉强巧妙地凑近摇曳的光亮，看书也常常是件苦事，或者根本无法做到。

彼时，爱说教者不仅会告诫你要当心眼睛，还会建议你出门在外要多看看周遭，观察周围的男男女女，要时刻保持警醒，注意有什么“特别的人”。何况，脑子也需要放松。不过，若是有人厌倦了研究形形色色的人物，或是要不了多久便将车上乘客的心理分析个透彻，那怎么办呢？若是他们或者思维过于活跃，难以安定，或者坐车坐得穷极无聊，那又该如何呢？又或者，连报纸的犄角旮旯都已翻了个遍呢？此时若能从最喜欢的口袋中掏出一本最喜欢的好书，岂不妙哉？当然，如果有人不惧扒手甚至劫匪，能在车上安睡，自是再好不过。但是，有人若是无法成眠又百无聊赖，静心阅读恰好可以消磨时间，岂非乐事？吾辈年复一年四处奔波，途中浪费多少光阴，这些时光本可大有所为，结果却白白虚掷，实在令人扼腕叹息。若能善用在途时间，原是可能接受通识教育的。

口袋书的精髓自是能放入袋中。这是这种必备之物的第一要义，而这也是口袋书读者甚寡的原因之一。众所周知，女士的口袋多半不太宽大，稍微大点的，里面也塞满了女人用的各种零碎奇珍，书本再怎么缩小也放不进去。那些“衣冠楚楚”的男士，即使不过分关注外表，多少也会介意口袋书有损他扣子紧绷的大衣那完美的外形——不管那口袋书多么的小巧。不，那些随处可以看书的读者，要么是有幸弄得到小巧的口袋书，要么是兴趣盎然，不大在意破坏衣物美丽的线条。如果适合袋装的书籍发行量大些，字号也不是那么小，相信许多人都会喜欢。口袋书虽页面窄小，文字仍要清晰可辨。

倘若口袋书大小合适，则内容亦需相宜，这点自然至关重要。并非所有书籍都适合闲暇消遣。就此而言，口袋书很像枕边书。真正合适者应该在短期内读完而又能理解。有人试图在旅途的闲暇时光品读小说、浏览故事，也有人尝试研读哲学、畅游史海。其实，凡是需要凝神贯注的读物，都不适合在短时间内随手翻阅。如若以这种方式阅读故事，容易混淆人物情节；如此对待逻辑学，难免跟不上作者的思路。揣在口袋中的书籍应短小精悍，或是抒情短诗、格言警句，或是轶闻趣事、知识概略，这类适合片时半刻浏览掌握的。这些才是特定场合足以愉悦身心或有实际用处的读物类型。

当然，一个人喜欢的口袋书，其内容全凭个人喜好。诗歌爱好者钟爱诗集或者心仪作家的选本，或是像赫里克[1]那样善作“警句”、以简洁为灵魂者的诗歌。探究人性的人，则会去

[1]罗伯特·赫里克（Robert Herrick，1591—1674），英国诗人。

读文学牛肉精[1]，即鄙人在别处讨论的格言“警句”等，他们永远都觉得，所有格言警句都有他们想要的口袋版。名人的席间闲谈成书后，亦可让沉思的旅人在那零碎时间捧读时觅得趣味。所有这些内容几乎都可以一目十行地获取，而且通常都具有让人驰思遐想这一大优点。它们不但可以怡情悦性，而且可发人深省。它们供给的正是旅人所缺的兴奋，于是一书在手，使人在许多旅途中获得教益，心情愉快。

①“牛肉精”原文为“Liebig’s Extract”，为李比希牛肉精公司（Liebig Meat Extract Company）所产。

人身讥嘲

在近期几次下议院的会议上，有几位议员不顾体面，用了非常卑鄙的武器——辱骂，也就是给人加上轻蔑侮辱的形容语。只要再往前一步，就入了道德败坏的境地，那就是影射人的外貌，深不可赎了。含沙射影，说对手是蠢货，是骗子，已经非常糟糕，但这比起在面容和身材上做文章，根本不算什么。对身体外貌的诋毁是最刻毒的恶行，无论男女，既不能忘却，也不愿宽恕。对行为或动机的中伤，虽然难以忍受，却还可以原谅，但提及身体上的特殊之处——那是可骇怖的。

之所以如此，主要是因为这种攻讦无可抵御，又无法听而不闻。人可以自诩聪慧，甚至英明，可以因天赋异禀，或并未拥有的声名日隆而沾沾自喜，但对于与众不同之处，却无法轻易视而不见。斜眼、断鼻、奇瘦、痴肥，这些都是有此缺陷者无法忽视的，除非彻底痴呆。事实上，也没人允许他们忽视。人们逼着他们看到这些。一个孩子去上学，总有人给他把身体上的缺陷明确指出；上了大学，也不允许这些缺陷不被人注意；长大成人以后，又总有那么一两个随和敦厚的朋友拿它开些温和的玩笑。

秃顶显然最能在不经意之间就吸引人的眼光——除非那个秃

顶者用帽子遮掩了不幸。头上毛发不生的，被人称为“优光[1]先生”，于是观者哄堂大笑。历史告诉我们，这自远古时代起就如此。两百多年前，有一个人遭秃发之不幸，于是有人告诉他：

如果您的恶行按您的头发来数，
那天堂里也没有比您更纯洁的天使。

然后，从头皮上往下，我们首先看到眼睛。假如两只眼睛有对视的倾向，马上就会有人说话。那不幸斜视之人，曾遭受最不友善的评论，至今仍是如此。人人都记得汤姆·穆尔对一个斜视女诗人的嘲笑，说她没有把目光注视一位缪斯，而是一只眼睛同时看见九个女神。与此相比，有一首无名氏的四行诗似更胜一筹：

阿耳戈斯百只眼，
诗人自古齐称扬。
此女更须大颂赞，
两眼能看百方向。

然后，还有穆尔那首双行体诗——倒不是他写的，而是他引用的——写的是一个医生，除了斜眼，还有个硕大的鼻子：

达什医生因何斜视，
我猜，是他的双眼怕他的鼻子。

---

①原文为“polished”，双关，意为“抛光”，又可意为“优雅的”。

唉，可怜的鼻子啊！你的大小、长短、形状不正常，曾经招人多少笑话！翘鼻头曾蒙诗歌倾注光彩，但那还是比不过长鼻子赢得的荣光。从最久远的时期开始，长鼻子就一直遭受迫害。考珀就曾从希腊文改编了一首诗，攻击一个（毫无疑问）根本不冒犯人的人——不冒犯人，是说他的鼻子除外。诗是这样的：

朋友，你要当心那清亮的小溪和泉眼，
以免一不小心就把你的鼻子
那奇丑的钩子照见，
否则你的命运将跟那喀索斯一般，
他自爱自恋，你自怨自怜，
日渐憔悴，神情黯然。

在同一经典出处，另有一首四行诗，告诉我们长长的鼻子至少有两个坏处：

迪克手短鼻子长，
难把鼻涕随时擤，
喷嚏不喊“保佑我”，
因为太远听不清。

不要指望鼻子的颜色能逃过别人的眼睛和嘴巴，尤其是如果它碰巧是红彤彤的话。正因如此，才有一位讽刺家问，克拉拉脸上为什么只有百合花的白，他的意思是，那玫瑰的红都去画她丈夫的鼻子了。

这样的事情以后仍会有。确实，这些事情，世人的不留情面是没有止境的。经常听人说，某一类面容作门环的样式一定极妙，甚至有比这还要尖酸刻毒的话。例如下面这首诗，据说出自一位皇帝之手，这让人感到很是歉疚。这首御制诗如此写道：

长长鼻子阔阔嘴，
十二颗牙排排队，
迪克不需多费劲，
天生一个好日晷。

女士们所得的待遇跟先生们一样刻薄。在这方面，骑士精神早已被抛到九霄云外。一位希腊讽刺家这样写他同时代的一个女人：

加里娅，你的镜子不诚实；它要是不撒谎，
你会无法忍受你镜子中的形象！

德国人莱辛也写过与此不相上下的贬损：

老远老远，露辛达就震动了那些男人；
随着她越走越近，
他们看得越来越清，
希望她走得老远老远，方才舒心。

一位英国作家写了一首《丑女》的诗，诗中说到她衣服上补丁的数目，承认补丁是必要的，也是可以接受的，但建议说，如果有一块大补丁，把她的脸完全遮住，那就更好。

个头与肥瘦是这个世界纠缠不休的两点，死缠烂打到了让人反感的地步，太高要说，太矮也要骂，太瘦不行，太胖也不成。悉尼·史密斯画了一幅杰弗里勋爵的肖像：

尽管不如酒神胖，
个矮却似巴克斯，
骑着小小公驴子。

切斯特菲尔德说到那个“乏味的高个子”托马斯·罗宾逊爵士，说他的歌应该有的是趣味，不应该的是那么长。但招致嘲讽挖苦最多的还是胖瘦。有一位牛津的校董，名叫塔德罗，他的肥胖引来了无数的讽刺诗：

一万个裁缝一万根线，
想把他身子来包圆，
最后实在没办法，
用光了存货用光了线，
羊皮纸也全用完。

还有人说：

塔德罗走到街上，
铺路工就会高喊：

“多谢您啦，先生！”

随即把榔头放到一边。

与此异曲同工的，是另一位非常胖的人。据说，无论他的脚步走到哪儿，铺路工都十分感激，而椅匠看到的则是厄运来临，于是惊恐万状，落荒而逃。有一位身材粗壮的老太太，曾求人给“空间”和“时间”下定义，有一位讽刺家就非常粗鲁地说，如果她愿意看看自己的体形和脸，时间和空间的概念就一清二楚了。但是，这种幽默，如果算得上幽默，如今已经是山穷水尽了。有人为“一个非常瘦的玄学家”写过这样的诗句：

你的脸，像象形文字刚刚刻好，
盈盈一握是你的细腰，
你就是个轮廓，你就是个外形，你就是几根线条！
你就是一尊人形的浅浮雕！

也许，对纤瘦之人的嘲弄，最让人开心的要数下面这首无名氏写的诗：

圣保罗曾经宣称，
两人结婚，即成一身；
但当巴尼特的道博士娶梅小姐为妻，
就像法老的瘦牛配在了一起[1]，

①埃及法老梦见七头干瘦母牛吃了七头肥壮母牛，干瘦母牛仍干瘦，事见《圣经·创世记》第四十一章。

这位圣徒要是在场，
他一定会改调换腔，
说："这两片细细的木头，
如今将并成一根骨头。"

舞台上的手帕

据说，欧文先生饰演罗伯特·马凯尔，表演即将结束时，用了很含蓄、很有表现力的一个“动作”。在戏中，罗伯特才注意到儿子在场，想去抓他的手，却停下了。他心里清楚，自己的手作了不少恶，于是特意用手帕盖住，这才去碰孩子诚实纯洁的手掌。这一处理，避免了身体接触，非常巧妙，起到了应有的效果。手帕在舞台上发挥重要作用的情况很多，不消说，这只是其中的一个例子。欧文先生在其漫长的演艺生涯中，塑造了众多角色，一定经常使用手帕这件常见的东西。确实，手帕一物，携者众，用处多，舞台没有了它，会如何？可以说，各式各样的mouchoir[①]，在戏剧中舞动，着实风光。

从某种角度而言，手帕是有历史的。人们一下子就会想起苔丝狄蒙娜和她那方绣着草莓的“手帕”，那手帕是她从那摩尔人手里第一次得到的礼物，她丢了，给了伊阿古大好的机会。假如奥瑟罗所说属实，则这方帕子实在是奇异之物。它是一个埃及女巫送给奥瑟罗母亲的，他的母亲保存着这方手帕，便可得到丈夫

①法语，意为“手帕”。

的欢心，一旦丢失，这欢心也便没有了。手帕是由一位神巫在一阵心血来潮的时候缝就的，它那丝线，也不是世间的凡蚕所吐，织成以后，它曾经在用处女的心炼成的丹液里浸过。这无疑是戏剧文学上最神奇的手帕。我们都知道它如何对苔丝狄蒙娜的命运产生影响，如何占着这部悲剧第三幕的主导地位，又如何为伊阿古惊艳的配角戏提供契机。另外，还有那方“血渍的手帕”，那染着奥兰多血迹的手帕，是那个多情的青年叫奥利佛送给罗瑟琳的，它让这位乔装打扮的少女假装了一回晕倒，演技之好，足可以假乱真。再说回欧文先生，我们马上就会想起他在《两朵玫瑰》中饰演迪格比·格兰特，想起最后一幕中门牌送到时他的答谢辞，当然也会想起他在对面前那一小群人讲话时，将手帕展开盖在“我们的詹金斯先生”头上。这一动作使迪格比·格兰特有失尊严，但詹金斯先生却从中得了些好处，这一插曲因而得以保留。看过《金钱》的人都知道，在与富兰克林小姐那次难忘的会面中，格雷夫斯的手帕有着重大意义。像这样反复出现、引得观众不断开怀大笑的物品，饰演这位忧郁鳏夫的演员，有哪一位可以离身？代表悲伤的白色与代表解脱的彩色之间形成的反差，实在是非常动人，不经一番挣扎，如何能够呈现？

事实上，无论是高雅喜剧还是低俗喜剧，手帕所能带来的喜剧效果，其价值之所在，演员都是再清楚不过。手帕对于他们，比之于对他们那些一身肌肉的助理，更为实用，不过，即是对那些身强力壮的助理，它也是有吸引力的。悲剧演员用手帕的不多，手帕通常是为了帮助情感表达，在悲剧中这一用处却不大，所以你那位敏感的主人公就把它藏在腰间挎着的小袋子里。有人曾看见那位先生退到舞台后面偷偷擤鼻涕，神色愉悦，他是希望观众没有看到如此不浪漫的一幕。至于喜爱现代戏或旧喜剧的年轻人，此事就不一样了。在现代戏中，那洁白无瑕、或许是丝绸做成的手帕，是装饰西服左胸的。在旧喜剧中，那一方绣花的麻纱布，则为一切服装所不可或缺。离了手帕，你那些翩翩少年从何而来？康格里夫和谢里丹的“风流情郎”，一帕在手，“举止洒脱，风采闲雅”，那是人物性格不可分割的一部分，去了手帕，他们从何而来？随便哪一个怀尔德厄或者米拉柏尔[①]，只要是有自尊的，做梦也不会想到要在这一块麻纱布帕上让公众失望。但是，要说谁的职业从手帕中受益最多，那还得数喜剧演员，特别是低俗喜剧演员。那衣着时髦之人，百无聊赖之时必然郑重其事地擦起眼镜，“老年男子甲”也会同样一本正经地把眼镜擦了又擦，于是乎，观众急不可耐，演员则“重复动作如前”。最欢乐的，要数那按惯例从燕尾服下摆口袋中拖着一块华丽手帕上台来的喜剧人物。对有的喜剧演员来说，这正是幽默的灵魂。曾几何时，世界还年轻，这样的演法令人捧腹，然而如今，世界已然老去，挑剔挖苦盛行，那拖出来的一片艳丽，引来的只有漠然与烦躁，唉，怎不令人叹惋！

但是，有些旧俗，该保留的，还是得保留。有些东西，我们无法改变，也不应该改变。歌剧中的首席女演员，咏唱着露琪亚

①怀尔德厄是英国剧作家乔治·法夸尔作品《哈里·怀尔德厄爵士》中的人物，米拉柏尔是英国剧作家威廉·康格里夫作品《如此世道》中的人物。

或是阿米娜[1]心中的苦痛，指间那精致的方寸蕾丝，我们没有可能横加干涉。对公众尊重而歌手温柔坚守的传统加以攻击，未免残忍。毕竟，那么一片小小的蕾丝，又有什么害处呢？喜剧或其他戏剧中的普通女主角，对她的这一点特权倍加珍惜，我们也不能剥夺。我们一定得允许那位美丽的姑娘掉落手帕，只要那位英俊的小伙将它捡起送还给她；我们一定得许可那位姑娘以这样那样的方式把手帕挂到外边，给她那位满心期盼的情郎传递消息；我们也一定得容许她把脸埋进那块不可或缺的“帕子”里，呜咽抽噎，把她小小心房里的痛苦哭出来。她用来做这些和其他事情的那块手帕，必须得到尊重，就跟“那厮”浸了氯仿去迷晕好男好女，实施绑架、谋杀、抢劫的那块手帕一样得到尊重。没有了手帕，舞台将不成其为舞台。几乎每一种场景都有手帕的影子，正确对待手帕，是戏剧艺术的一个基本要素。

①露琪亚是歌剧《拉美莫尔的露琪亚》（卡玛拉诺编剧、多尼采蒂谱曲）中的女主角，阿米娜是歌剧《梦游女》（罗马尼编剧、贝利尼谱曲）中的女主角。

诗之怪

有位诗人写了一首《论一个咳死的美丽婴儿》，最近遭到一个冷面评家嘲笑。最无可写的题材，有些人偏有能力写出最可爱的诗文，可是，这位冥顽不化的评论家无法明白，也不愿认同。“教长居然能把扫帚柄写得那么漂亮！”乔纳森·斯威夫特博士夫人说这话的时候是既骄傲又嫉妒。当然，一点点不合宜的幽默感，从来就没有挡住过天下墨客骚人，他们照样给自己的诗取一个简单到危险或者长到古怪的题目。

现代如华兹华斯，都可以写出《经人提醒，始知该日小女满月，作此致幼女》。他还写过《莱达尔湖有一岛，上有一废弃石场，近处有石头一堆，中有一最大者，以石笔书其上》。利·亨特的《政治与诗学，又名一位因热爱诗歌而遭受重创之记者之惨状》无疑系蓄意为之。谈到新闻，人们还记得彭斯曾创作一诗，题为《下面这首诗写给一位曾给作者寄送报纸并提出继续免费寄送的先生》。大家今后会记得，十八世纪英国鉴赏家威廉·申斯通捣鼓出了《一首关于作者的脾气与学问以及一个家产不多品味却不低的人是多么不幸的诗》。该诗题与考利那首《作者尚活着但已退出繁忙世界到乡村生活、可于自己家中写成的墓志铭》不相伯仲。读了这样的诗题，人们会觉得，蒂克尔的《诗以赞角帖书，写于痛风发作之时》简直不足挂齿，罗斯科蒙勋爵的《一位善歌唱、害怕感冒的年轻女士》更不值一提。勋爵的诗题虽然如此，但可以肯定的是，诗却是严肃诚挚，他写道：

不要让那卑劣粗野的感冒
毁掉我们天堂般欢乐的味道！

有时，仅凭题目，读者公众很难辨认诗的内容。例如，多塞特勋爵的《一六六五年，第一次荷兰战争，交战前夜，海上作此歌》，并非人人都能认出“献给现在陆地上所有的女士——”等大家所熟知的轻快诗句系出自该作品。《晨，将启程，阴雨迷蒙》通常自不是振奋人心的主题，可是克拉肖却有非常精彩的诗句。德莱顿也为当时的读者献上了一首迷人的作品，叫作《学者与恋人之歌——二人受友人阻挠，均为对方精神失常，现首次相会于疯人院》。不用说，老骑士对女士总殷勤有加，所以我们发现约翰·萨克林爵士有《关于卡莱尔夫人在汉普顿花园散步之对话》，而德雷顿呢，《夫人没来伦敦》这样简单的事情，他也从中发现了大量写作素材。十五世纪诗人的题目不仅洋洋洒洒，而且悲悲戚戚，于是，萨里勋爵给世人奉献了一篇《一位情人向女士求婚、心灰意冷、悔恨不已、惶恐不安的描绘》，而托马斯·怀亚特爵士则告诉我们《不快乐的恋人祝快乐的恋人们欢度五月，自己却恸哭终月，至为不幸》。

至于与女性有关的事情，哪怕是最为微不足道的，诗人也赞美不竭，不知疲倦，这自然是众人皆知的事情。盖伊的诗《扇》只是此类文学的代表，沃勒的《腰带》与卡鲁的《丝带》堪称绝配。萨克林则轻松自如地大谈《夫人的黑斑》，称：

它们是您哀悼孤独心灵的黑衣，
您肯定不爱，却不能蔑视。

衣服，无论是女人的还是男人的，都已经有了桂冠诗人——从吟出“没有黑丝绒马裤，如何算得男人？”的布拉姆斯顿，到毫不犹豫地写下《飘飘的佩鲁基假发》的利·亨特。写各种玩耍娱乐的诗，有盖伊的《夸德里尔牌[1]歌谣》为例；跳舞则有一位天才诗人的《管弦乐队，又名一首表达舞蹈之古风与精湛艺术的诗》，在这首诗中，舞蹈如梦如幻，人间哪得几回见？

即便是烧菜做饭这样平淡无奇的话题，也有迷倒缪斯的。众所周知，威廉·金用了整整一首诗来描述“烹饪艺术”，其中有这样一节：

圣诞佳节须小心，
不可坏了好名声，
…………
若愿送上野猪头，
周围月桂铺一层，

①一种用四十张牌玩的四人纸牌游戏，流行于十八世纪。

再来铺上迷迭香，
扑鼻香气同氤氲；
狰悍獠牙不雅驯，
苹果一颗添温文，
或置柑橙矛牙间，
不将豕齿作厉兵；
调成蘸酱如野猪，
敌人见了寒在心，
要让鼻子去历险，
用上芥末真凶狠；
满斟萨克葡萄酒[①]，
希波克拉[②]添芳馨，
古雅丝带饰酒碗，
举碗同祝饮尽情；
野猪脊骨配火鸡，
李子配粥有清芬。

这位作者还进一步具体而微，解释了《制作布丁的艺术》；盖伊写过一首《炖小牛肉菜谱》，考珀则像猫一样愉快地谈起《鱼的高价》。于是，沃勒唱起《谈茶》，菲利普斯写下《苹果酒》。另外，由于饮食与家庭医生之间有着明显的联系，我们

①一种干白葡萄酒，早先由西班牙和加那利群岛进口至英国。
②即希波克拉斯，一种加香料的甜药酒。

还可以注意到，阿姆斯特朗描绘《保持健康之艺术》，嘉思赞颂《药房》，怀特海德劝人在《健身房》锻炼，并不认为有损诗的尊严。

平淡无奇的题材，诗人愿意在作品中为其增光添彩（或者贬损嗤笑），几乎永无止境。我们的作家，尤其是上世纪和上上世纪的作家，在这一点上所展现的才华，值得人们称赞。沃勒并不羞于谈论《树的剪纸》；康格里夫的《致蜡烛》也同样沾沾自喜：

你是我秘密苦痛的忠实见证，
只有对你我才倾诉心声。

萨默维尔写《致扶手椅》，申斯通写《懒惰颂》，帕内尔写《数字三》，彭斯写《致牙疼》，利·亨特以鲜明的节奏谈《突然的好天气》。大家都听说过罗切斯特勋爵的诗《说无》和盖伊《街头行走的艺术》。考利的作品中，可以发现《以柠檬汁写成》的诗句——这个构思真是巧妙。然而，这还不是这些心怀崇敬、高吟浅唱之人最低微的题材。最低微的是他们居然为令人憎厌的昆虫百啭千啼。大家可以理解阿伦·希尔写《蚊蚋》，也不奇怪普赖尔和帕内尔居然都曾拿苍蝇作主题。卡鲁聊《一只飞进我情人眼睛的苍蝇》，絮絮叨叨，却娇媚可人，他说那只苍蝇“在那里被火焰烧焦，然后淹没在露珠中”。但人们不接受彭斯的《致虱子》和沃尔科特的《虱之歌》，多恩和德拉蒙德的灵感居然都来自——一只跳蚤！这更令他们震惊！然而，德拉蒙德却可以祝贺他的作品对象死在一位女士手中：

可叹跳蚤，
一命休矣。
休于柔荑，
死亦何惜？

格　言

我们会记得，丁尼生的诗歌《洛克斯利大厅》中的男主人公设想过他的艾米“再也不属于他了”，因为她将来会成为主妇，“用一小堆格言，压服女儿的心灵。”但当时，这位绅士正在气头上，等到他心平气和时——如果他曾平静下来——可能对格言会有截然不同的说法。确实，没多少事物比格言更值得恭敬对待。格言是世界上非常强大的一股力量。鲜有人不受格言的影响。我们大多数人都以这种或那种形式拥戴格言。有些人在日常生活中接受并践行先祖流传下来的格言，或牧师与导师讲述时他们铭记在心的格言。还有些人，随着生活经验的增长，创造了适用于自己的格言，并根据性格和环境决定是否践行所创的格言。但格言的影响切实存在。大多数人都往往会将他们对社会的看法凝练为几句简单的话语，这些话语或多或少地体现在他们生活中的每个想法或每次行动之中。

而且，从社会和文学的角度来看，精辟的格言为人接受之程度可加倍。诚然，格言有其局限性。因自己的“至理名言”而束缚手脚的人确实值得同情。人们并不总是全盘接纳格言所包含的真理，格言也未必适用于每种情况。可以想象，如果我们没有意识到格言有时不合适或不恰当，高妙至极的格言也会使我们陷入可怕的不幸。这也是聪明机智的格言警句的唯一缺点——它通常受限于某些特定的人或事件。即便多么言简意赅，也无法把所有智慧都塞进简短的言辞之中。不过，富有思想之人并不过多指望从格言中得到什么。格言的价值，不仅在于它的基本含义，而在于它的暗示，在于它在脑海中激发的想法。格言最成功的形态，是像隽语一样，有趣、有用，是人生智慧之光的闪烁。格言的字面意义可能并未闪烁智慧的光芒，但人们知道，格言的字面意义带来了一些思想上的启迪。

可惜一流格言为数不多。一流格言并非人人能够创作。这个技艺行当的大师屈指可数。自然，世上不乏内涵丰富的格言警句。著述中满是此类格言，我们本土的著作中也是如此。《思想瑰宝》的编者以及类似的文人并不苦恼素材的匮乏；相反，他们被过剩的素材所淹没。我们的散文和诗歌都闪烁着这些“五词珍宝[①]”——或者比五词更长一点！——“在世世代代伸出的食指上，永远闪耀光芒。”但若是内嵌句，无论句子本身多么出彩，都不能算作文学意义上的格言。例如，乔治·艾略特笔下的波瑟太太深谙为人处世的艺术，言辞高雅，可是艾略特仍不在格言作家之列。能人“席间漫谈”所说之话，由细心听众记下而得以留存至今，尽管充满对人对事的趣谈，严格地说，我们也不能把这些话算作格言。塞尔登、柯勒律治、罗杰斯、西德尼·史密斯和其他

①改编自丁尼生对贺拉斯《颂歌》的赞赏。贺拉斯所写的颂歌通常一行五词，故丁尼生把他的颂歌比喻成“五词长的珍宝”（jewels, five words long）。

人的闲谈充满了聪明才智，但从语言的有效接受而言，这些话也不能算作格言。同样的，霍勒斯·史密斯著作《锡制小号》和安妮·埃文斯著作《诗歌和音乐》中的巧妙释义，也不能算作格言。

格言只有一个典范，那就是法国格言。只有在帕斯卡、拉罗什福科、尚福尔和沃夫纳格的书中，我们才能找到格言这一体裁的最高形式。法国人文字清晰明了，且对形式具有敏锐的感觉，也许只有他们才能写出尽善尽美的格言。普通英国人在思想和表达方式上都容易冗赘。英国人不喜欢那种完满、精美、包含哲理的语句，而这正是格言臻于完美之所在。另一方面，格言简明扼要、得体优雅，与高卢艺术家高度契合，是高卢艺术家手中的幸运宠儿，备受优待。大多数英国人都知道拉罗什福科是谁，写了些什么。他所写的《道德箴言录》已多次译成其他语言。帕斯卡所写的《思想录》也广为人知，尽管许多人可能会惊讶地发现，有句非常愤世嫉俗的话竟出自他的手笔——“好奇不过是出于虚荣；大多数情况下，我们想了解一件事，只是因为日后我们可能会谈到这件事。”至于沃夫纳格和尚福尔，则没那么出名，他们的作品，得到流传的只有其格言中的一部分，而翻译他们所写的整部作品，仍然是个浩大工程，至今无人自告奋勇去做。

然而，在某些方面，沃夫纳格和尚福尔的警句要优于拉罗什福科的箴言，尽管拉氏的箴言为人熟知，广受欢迎。毕竟，拉罗什福科的箴言只在单一主题内寻求多样的变化。愤世嫉俗的拉罗什福科公爵只会弹奏一根弦——他只讨论人类与生俱来的自私。这一主题，丰富肥沃，拉罗什福科作了深入探究，却难免单调。他的两位劲敌，也就是尚福尔和沃夫纳格，文字同样敏锐、优美，却更加丰富多样。他们视野更广阔，话题也更宽广。事实上，他们多才多艺，文思泉涌，几乎可说是永不枯竭。两人之中，尚福尔又比沃夫纳格丰富多变。“爱情就像所有的流行病一样：越害怕它，就越会染上它。”“社会由两类人组成：一类人食量大过食欲，另一类人食欲大过食量。”“没有个性的人不是人，只是个东西。”“所有的日子里，最虚度的是那些我们没有笑过的日子。”这些句子便是尚福尔最丰富深刻的言论之举隅。不过，沃夫纳格的言论也同样丰富深刻。“取悦的艺术就是欺骗的艺术。”“忠贞不贰的爱情，不过是痴心妄想。”“如果人们不互相吹捧，我们就很难有任何社交可言。”“弱者之间的友谊，比相互的敌意更加危险。”再也没有比这样的格言更启迪人心了。

英国的格言作家人数寥寥，而且暂时无法与杰出的法国格言作家等身比美。斯威夫特、蒲柏和切斯特菲尔德都留下了一些散文式“沉思录”，但数量极少，几乎不值得考虑。“心胸狭窄的人就像窄口瓶：里面装的东西越少，倒出时的声音就越大。”这是蒲伯的格言样例。“我们现有的宗教，足以让我们彼此憎恨，却不足以让我们彼此相爱。”这是斯威夫特的格言样例。“生意人应该一直睁着眼睛，但必须经常看起来像闭着眼睛。”这是切斯特菲尔德的格言范例。不过，要说到何处去寻觅更精妙、更正宗的格言，不妨看看申斯通的《男人与礼仪散文集》、哈兹里特的《性格》、黑尔兄弟的《真理的猜测》、赫尔普斯的《在修道院和人群中的沉思》和巴克斯顿的《思想笔记》。正如俗话所说，这些都

“值得细读”，尤其是哈兹里特的作品。他的作品里包含大量立意与措辞均极精妙的格言，比任何其他同类英语作品都多。但是，正如我所说，要论上佳的格言，无论是愤世嫉俗的还是诚挚热切的，我们必须从法国作家里找，而非英国作家。帕斯卡、拉罗什福科、尚福尔、沃夫纳格，他们才是流芳百世的格言大师。

谐谑生意人

极少有人像买卖人那样受人无情地取笑。律师、医生和其他专业人士向来饱受揶揄嘲讽，商界则根本无法逃脱风趣之人的注意和讥诮。英伦虽则“全民皆商”，大众依然随意调侃“生意人”，这种调侃往往品位不高，甚至粗俗到要请求对方原谅的地步。

这种打趣非常普遍，其中一大部分都是调侃服饰供应商，这也许是自然的事情。比如，将裁缝唤作“人的第九个部分”[①]，这个古老笑话不过是侮辱这个行当的一个例子。对他们最文雅的嘲弄，自然莫过于温德尔·霍尔姆斯博士那首名为《夜晚》的幽默小诗，诗中有位裁缝以“不离本行”的口吻谈起大自然：

白昼穿上夹克，
燃烧的前胸繁星为扣……
啊！金色穗带如此可爱，
系住黑夜那下坠的裙摆！
丝线上薄薄的叶片轻颤，
如微风轻抚毛绒绒的表面，

---

① “人的第九个部分”从俗语“九个裁缝成一人”演变而来，讽刺语。

奏响缎子般的窸窣咏叹。

这位裁缝诗人接着又说道：

粗鄙者不知暗袋里，
自然之美尽藏其中。

据说有位公爵问一位专做时髦服装的裁缝常用哪种枪来打纸板孔，裁缝答道："双排[①]那种，大人。"这个故事虽然有神职人员作证，其实不太可信。

再看看专做女装的手艺人，詹姆斯·史密斯拿一个俗语作了一首讽刺短诗。他对一位女士说起礼服上的一点"料子"，道：

如果您和礼服斗嘴，
你们永远无法和好。[②]

制帽业启发了卢特雷尔想出他最妙的一个双关语。有人发现某位昔日的制帽匠满面沧桑，脸上似乎染上了旧日行当的颜色，"是啊，"卢特雷尔说道，"正如'毡'[③]上了黑色。"坊间还流传着一则嘲笑制鞋匠的故事。据说这一行当中有一位在门上弄了个招牌，上写"Mens conscia recti"[④]，他的对手立马盖了他的帽，搞

①原文为"double-breasted"，意为"双管枪或双排扣衣服"。
②"和好"原文为"make it up"，此处为双关，有旧衣无法改造之意。
③"毡"原文为"felt"，双关，一义为黑色的毛毡，系常用制帽材料，另一义为"感觉到"。
④原文为"Mens conscia recti"，系拉丁语，出自维吉尔《埃涅阿斯纪》，意为"知道做得好"，此处作为招牌，转意为"做得好鞋"，如将"mens"视作英文，则又有"做得好男鞋"之意。

了个“Men’s and Women’s conscia recti”[①]。不过，后者虽然优秀，却也称不上他那个阶层的代表。有一位更厉害的代言人，那就是手艺精湛的鞋匠乔治·霍比，约翰·雪莱爵士曾抱怨他做的马靴有几处开了裂。“怎么回事，约翰爵士？”“我啥都没干，不过朝马厩走了几步。”“走了几步？”鞋匠嚷道，“我做的靴子是骑马用的，不是走路用的。”

世人皆知霍恩·托克委婉地称家禽贩子为“土耳其商人”[②]。说鱼贩子则常是“捣腾”[③]之类的贬损——这是厄斯金勋爵一句妙语的中心。詹姆斯·史密斯在某出诙谐剧中借剧中人物之口说他在鱼肆中只瞧见菱鲆和鳗鱼：

我发现你店里连条比目鱼都没有，
连条鳎鱼都没有。[④]

据说有回某位有名的时尚糕点师和米德尔顿勋爵一同骑马，糕点师嚷道：“马儿好热啊，大人，我都不知道该拿它怎么办。”勋爵的回答很欢快却并不很客气：“给它加冰[⑤]，冈特，加冰。”詹姆斯·史密斯对一位富有醋商却是礼赞有加：

让汉尼拔去吹嘘他的征服伟绩吧，

---

①此招牌杂用英文和拉丁文，意为“做得男女好鞋”。
②原文是“a Turkey merchant”，Turkey（土耳其）与 turkey（火鸡）同音。
③原文为“flounder”，作动词意为“处理”，作名词意为“鲆鱼”。
④此句中“比目鱼”原文为“plaice”，与“place”（地方）谐音双关，“鳎鱼”原文为“sole”，与“soul”（人）谐音双关。
⑤原文为“ice him”，双关，除了“加冰降温”还有“酒糖霜”之意。

你的液体功勋迅捷、广大；

他靠醋[1]穿越阿尔卑斯山脉，

你靠醋征服整个世界。

说到喝的，大家都记得胡克写“住在斯特兰德大街的茶叶商人茶爱豪”的讽刺短诗，说“要是夺了他的茶，他就只剩了哀嚎”。严格来说，客栈老板算不上是经营铺子，但他也是买卖人，这一伙也多有遭人讽刺的。曾经有一首关于某位喝醉了的旅店老板的诗如此写道：

掌柜的，你跟酒打了个平手，

你在酒桶上穿孔取酒，酒也在你身上打孔。

关于因弗拉里的那个客栈，人们不会忘记彭斯的诗句，诗人写道，酒馆里：

除了高地式的骄傲、疮痂病与饥饿，

别的一无所有。

他还说，如果自己去了那儿，十有八九是因为惹怒了上天。有一首双行体诗，写某个犄角旮旯的小酒馆，虽然没有这么辛辣，却是更令人捧腹：

这个地方能说啥？

①传说汉尼拔率军路遇高山，他们在烧热的岩石上泼醋使之变脆，再用铁锤将其锤散，从而开山前行。

奶酪生蚁啤酒淡。

杰罗德曾说起某个当过戏子的酒商，“我听说他在台下卖的酒还好，胜过他在台上的哀嚎。[1]”罗马诗人马提雅尔多年前就曾辛辣嘲讽过这行的商户，译文如下：

胡君素来卖劣酒，
酝酿加料坑好友，
谁请吃饭都不去——
唯恐被灌自家酒。

至于其他杂七杂八的营生，十九世纪爱尔兰律师 J. P. 柯伦曾经用煤码头用词说过一句双关语。某位乡绅和煤矿商起了账款纠纷，生性诙谐的柯伦对他说，虽然煤都是他的，可他付的酬劳不过是那么“一点儿煤屑”。不消说，调侃说烟草商马车的纹章上可以写上“一烟镑[2]乘车”字样的也是柯伦。与之类似的还有一句俏皮话，说的是柏孟塞的一个鞣皮工。有人听到他和妻子商量怎么给他的别墅取名：

邻人听到皮匠言，
趁着黑夜潜出忙，
路旁拾得白垩块，

①此处原文是 I am told that his wine off the stage is better than his whine on it. 句中的 wine（酒）与 whine（哀嚎）的发音相同。
②原文为“Quid”，有双关义，一为“用于咀嚼的烟草块”，另一义为“一英镑”。

“皮的花园[1]”写栅上！

下面这首写酒鬼铁匠的对句作于十六世纪：

听说铁匠斯麦格为了酒钱
卖了全部家伙什，只留下了恶习缺点[2]。

这两句自是不言而喻的嘲讽。萨克雷关于“互助贷款处”公告的评论同样诙谐，也同样逼真，有人问他“互助贷款处”是什么意思，萨克雷说，只可能有一种解释，那就是，两个一无所有的家伙同意互相借贷。

或许没有哪个职业像承办丧事的那般受人随意嘲弄，从这个角度说，他们受到的鄙夷讥讽和医生不相上下。譬如约在一七二七年前，有一首名为《论某土工之死》的四行诗写道：

终被死神制服，死神的传令官在此长眠，
而死神的战果因此再添。
生前他做好准备，只要有口气，
依然敬业去寻找死。

而大名鼎鼎的律师乔治·罗斯爵士的机智应答虽然不那么正经，倒也颇为有趣。在某个寒冷冬日的葬礼上，朋友提醒他注意送葬队伍中那些头戴围巾、手持棍棒的男人的凄凉模样：“可怜的

①原文为“Hide Park”，与伦敦著名的“Hyde Park”(海德公园)谐音。“hide”意为“皮革”。
②原文为“vice”，双关，一义为“恶习”、“缺点”，另一义为“台虎钳”。

家伙，他们看上去好像冻住了。”乔治爵士答道：“冻住？我的朋友，他们只是送丧的，又不是液体。[1]”

① “送丧的”原文为“mutes”，法律上意为“拒不答辩的被告”。“液体”原文为“liquids”，有“流动资金”之意。

玫瑰国度

难怪波斯国王称英伦为“玫瑰之国”。他近期到访英国，定然见过千千万万朵玫瑰——或在女郎的花束里，或在她们的裙裾上，或作为饰品点缀宴会餐桌，或在他游览的花园里呈现天然风姿。这是一场名副其实的玫瑰嘉年华，处处是玫瑰，如花雨倾泻；处处是玫瑰，如君临万国。玫瑰的供应及对玫瑰的崇拜在“玫瑰盛宴”中登峰造极，效仿了大家熟悉的欧陆风俗。

吾国确实是玫瑰之国。玫瑰是吾国之国花，有源远流长的历史与文学，久负盛名。白玫瑰与红玫瑰（顺便说一句，布坎南先生写过一首同名诗）是我国敌对家族的族徽，常用于表示战争中的冲突双方[①]。苏格兰诗人威廉·邓巴曾作《蓟与玫瑰》，而《玫瑰传奇》（不管对错）据说是英格兰乔叟的大作。在《蓟与玫瑰》一诗中，诗人将蓟比作苏格兰詹姆斯四世，将玫瑰比作英格兰亨利七世之女玛格丽特女王。玫瑰之于英格兰，恰如蓟之于苏格兰、三叶草之于爱尔兰，或是韭葱之于威尔士。正是在英格兰，

①此处是指“玫瑰战争”（Wars of the Roses，1455–1485），又作“蔷薇战争”，是指英王爱德华三世（1327 年至 1377 年在位）的两支后裔兰开斯特家族、约克家族的支持者为了争夺英格兰王位而发生了断续的内战。此名称源于两个家族的徽记，兰开斯特的红玫瑰和约克的白玫瑰，后因莎剧《亨利六世》中以两朵玫瑰标志战争而成为普遍用语。

触目皆是玫瑰，花团锦簇，娇艳多姿，举世无俦。正是在英格兰，玫瑰使国人为之倾倒，心醉神迷。

玫瑰与其刺，自然会让文人雅士屡有提及。诗人斯宾塞叹道："玫瑰多美啊，可惜有刺。"克里斯蒂娜·罗塞蒂借玫瑰之口说道："我的种种美丽，都是源于身上的刺。"丁尼生说："玫瑰是有刺，可我不在乎。"况且，世人大体上并没有太执着于玫瑰带刺这个缺点，更多的是谈论其生命之短暂，美丽之短促，此感才真是人人有之。"玫瑰啊玫瑰，瞬息浮生，只见朝阳，不见黄昏"，这或许是法国人描写玫瑰最精美的文字了。这句名诗引起了无数英国作家的共鸣，譬如罗塞蒂小姐在歌咏玫瑰花蕾时写道：

它于清晨绽放，
于黄昏凋落。

玫瑰的短暂花期，怎能不触动诗人的心灵？斯宾塞感叹道："她坦然露胸，春色不尽；看啊，她顷刻间花色消褪而萎落。"莎士比亚写道："美丽的花儿啊，一旦采撷终将凋谢。"罗伯特·艾顿爵士同样写道：

粗鲁的手将其采摘，
玫瑰的芬芳不复存在。

贾尔斯·弗莱彻建议："摘下玫瑰，不然你会失去它。"赫里克的类似规劝也同样广为人知。赫伯特说玫瑰扎根于坟冢，必将凋谢。沃勒告诉情人要留意，玫瑰易凋枯，恰如"世间好物，共此运命”。理查德·范肖爵士则说：“清晨盛开，午前萎谢。”赫曼斯夫人吟道：“细品蓓蕾，上面写着‘凋败’二字。”后世诗人对此也是众口一辞。在布莱恩特的笔下，“玫瑰度过了仓促的一生”；“逝去了，那凋零的玫瑰”是班纳特名诗中的叠句；斯温伯恩先生说，“玫瑰生年太匆匆”；韦伯斯特夫人道，尽管希望玫瑰不惧风雨，在阳光中散发芬芳，但是

万里晴空，晨光熠熠之际，
玫瑰已凋零。

上述文字讲的都是如何挫其傲气。大体而言，玫瑰的花期之短，大多因其完美的存在而被忽视了，只要花仍存在就好。从来没有哪种花能得到如此多人的赞美，没有哪种花得到赞美者的如此赞美，没有哪种花获得的赞美如此佳妙。玫瑰的素朴优雅，怡人芬芳，征服了各种性情的人。斯宾塞称其为“一日之荣光”，其他诗人愈发热情，盛赞它是花中绝色。博蒙特与弗莱彻借笔下人物之口感叹“世上繁花万千，唯玫瑰最美”，威廉·勃朗说它是园中至美，夸尔斯赞它“超群绝伦”。赫伯特问道，“何物可胜玫瑰之美？何物可盖玫瑰之香？”詹姆斯·汤姆逊在其名作《四季》中将羞怯的玫瑰比作花中魁首，这一比喻在其他作品中屡见不鲜。譬如考珀将玫瑰称为“花中之王”，赫曼斯夫人唤它作“群芳之冠”，胡德说它是花中女王，因此彭斯谓之“百花之首”、骚塞所言“最清新、最甜美之花”，或是奥布里·德·维尔所谓“颠倒众生的红玫瑰”，凡此种种，不足为奇了。不少诗人折服于玫瑰的

魅力，罗利说“朱红玫瑰灿烂夺目”，使“绚丽多彩的玫瑰色晨曦”为之黯然失色。同样，考利说他曾见过玫瑰蓓蕾初绽，美好的清晨莫过于此。汤姆·穆尔叹道：

你是最甜美的花朵，

饮过金色的甘雨。

利·亨特亦曾言：

凡美好之物，

渴望而又安详，

羞赧，酥胸，芬芳的气息，

皆化作玫瑰之形。

皮科克写道：“据说玫瑰是爱神之花，它的羞赧如此明艳。”歌颂玫瑰芬芳馥郁的诗人不胜枚举，莎士比亚、赫里克、汤姆·穆尔、拜伦、兰德尔，不过其中一二。

至于玫瑰的甜美芬芳，有多少人写过它的柔美，怎能一一列举？举其大者，就有莎士比亚、赫里克、汤姆·穆尔、拜伦、兰多等。

不过诗人们不止惋惜玫瑰花期过短或是赞颂其芳馨优美，他们还从中为自己为他人找到了许多启示与教益。

玫瑰的内心

包裹着教训？

我想是有的！十八世纪英国诗人威廉·考珀有点感伤地回忆，

自己曾粗鲁地对待“那朵玛丽递给安娜”的玫瑰，倘若当时轻柔些，那朵玫瑰可能会为它的主人多绽放一些时刻。此事给予他的教训是：

一滴被轻柔拭去的泪水，
或许，随后就是一个微笑。

司各特的诗句同样出名：

含苞初放时的玫瑰最娇美，
恐惧中诞生的希望最光明；
晨露濯洗过的玫瑰最芬芳，
泪水熏染过的爱情最美好。

在此之前，拉德克利弗夫人也说过极其类似的看法。她提到玫瑰时说，“让含羞花朵低头的露珠”可以让它提香增色，重焕光彩，她写道：

所以爱的甜蜜泪水增强了他的力量，
所以极乐在悲伤的映照下更加欢快。

雪莱描写玫瑰花瓣的优美诗句，人人都还记得（顺便一提，奥斯汀·多布森先生也有类似的赞颂）；时至今日，则有西奥菲尔·马扎尔先生写就的沉思之句：

因为爱情宛如月季，

花瓣从枝条上迅速凋落——

而生活，纵使失去所有甜蜜，

仍如百花香般永久长存。

哲人鲁滨逊

《鲁滨逊漂流记》的成功，促使众多续作从不同程度上效仿它，其中最奇特、最有独创性的一本出版于一七四五年，作者名叫约翰·柯克比。书的标题很典型，很长，解释得很详细很清楚：

人类理解事物之能力与程度；以奥特梅修斯的非常经历为例；一个贵族青年，幼年意外被弃于荒岛，孤身一人，与世隔绝十九年。本书叙述了许多令人惊异之事，对读者既有教益亦有娱乐。

柯克比有些名气，一度是吉本的家庭教师，吉本在其《自传》里对此书略有提及，说它虽然算不上“思想深邃，风格优雅”，但“不乏娱乐和教益之功”。

奥特梅修斯与鲁滨逊的不同之处是显而易见的。鲁滨逊在因船难困于岛上之前，应已在十四岁左右，见过些世面。但是，奥特梅修斯与父母搁浅在未知的海岸上时，才“大约十二个月大”，且不出一年，就剩下他一个人独自求生了。正是因此，这部作品才有了新鲜感和趣味。《鲁滨逊漂流记》中，少有关乎心理的文字，无论是有意识的还是无意识的，都很难找到。但在柯克比的叙述中，心理就是一切，或者说几乎就是一切。作者描述奥特梅修斯的“经历”，意在说明“人类理解事物之能力与程度”。

可惜对急于想知道结果的读者来说，高明的柯克比没有立刻单刀直入地进入故事正题。他首先告诉我们，那时他是坎伯兰的一个牧师，有一天，他坐在海边，忽然注意到水中有个“圆柱形的小箱子，长约一英尺”，把手上绑着一把钥匙。他打开箱子，发现了一卷手稿，并根据手稿中的证据，判断其为某位英国圣本笃会①牧师“早在一六一四年”所作。这位神职人员和其他教士被逐出日本，登船前往巴拿马，中途遇险，遇险处能看见一个不知名的国度，距伦敦北纬三十九度十五分、西经一百七十六度。后来，他们得知该国称索特利亚②，其居民“不仅是文明的白人，而且是基督徒”，为教会坚守“原初而纯粹的使徒教义和律令”而感到喜乐。

某日，牧师一行人正和该教会的主教谈着话，旋即被介绍给“一位名叫奥特梅修斯的贵族”，众人看他“仪容优雅，教人心生敬重，眉宇间有些卓尔不凡的气度”。奥特梅修斯随即邀请他们去拜访自己的父亲。主教自然也告知他们，奥特梅修斯真是表里如一的优秀，因为，经过约十九年与世隔绝的生活，再进入人类社会时，他发现自己不像野蛮人，却更像一个哲学家。大家请他完整地讲一讲历险的故事，他当然同意了。我们遂得以了解故事的内涵与要旨。

---

①圣本笃会，天主教隐修会，由意大利人本笃（又译本尼狄克）于公元五二九年创立。
②索特利亚（Soteria）在古希腊语中，意为“安全与救赎的女神或精灵（守护神）”。

那是多年前，奥特梅修斯的父亲，被指控叛国，虽然无辜，却被剥夺了财产并驱逐出境。途中，他们乘坐的船只触礁，船员们挤入一条救生船逃生，但都淹死了，奥特梅修斯和父母则被海浪冲上一个无人居住的岛屿——真是人间天堂般的地方，有许多鹿、山羊、各种飞鸟，却无凶兽、猛禽、毒虫。然而，经历了七个月的放逐之后，他母亲去世了，幸好他有母鹿的乳汁为食。但很快，他父亲变得焦躁，不安现状，遂驾着一条小船（从沉船中抢救出来的），去探索从岛上可以瞥见的邻近海岸。很不幸，他被风吹到海上，虽然最终登上了不远处的陆地，但十九年后才得以再次见到儿子奥特梅修斯。

关于这十九年，奥特梅修斯并未作连续的叙述，但他凭记忆一一叙述了印象最为深刻的事情。他说，起初他学着飞鸟的样子，以植物根茎和果实果腹（那时他大约两岁）。他唯一的伙伴是条狗，去哪儿都跟着他，照顾他的安全。自然，“他的理性机制基本休眠”了很长一段时间。改变这一情况的第一件事，显然是他突然发现自己有影子。这使他一时惊慌，但最后又使他自问：“我是什么？我是怎么来到这儿的？”他思考得如此专注，经常被路上的东西绊倒。不久，他注意到自己在水中的倒影，他说：“这真是使我大吃一惊，令我得到一个见解——我自己这个物种也有其他个体。”他琢磨出周围的动物都是其同类生出来的，因此，在某个地方还有别的人，跟他自己一样的人。

从此，他开始研究自然，注意到大地的产物——花草树木如何生长，还开始注意自然的更替如何与太阳的运行精确吻合。

> 我观察到月亮和潮汐之间的呼应，我在夜里沉思天上繁星如何公转……我思考每一种可观察到的动物令人惊叹的身体结构；而且……处处都对自然的鬼斧神工感到惊讶，目之所及都是最意想不到的构思。

因此，“自然和上帝的杰作”将他“很自然地引导至‘第一推动力’的知识”。他说：

> 因为美和适恰性，可以说是理性在物质上的印记；无论美和适恰性在哪里对我们显现，我们都必须承认它们是某种“智慧存在”的杰作。

这时，他仍然相信动物有跟他一样的思考能力，至于认识到是什么导致日夜之别、水在剧烈运动或产生落差时拥有的力量、喝醉是什么意思，那都是后来的事。他在废墟中发现了两个瓶子，其中一个已经碎了，散发出香味，他抵不住诱惑，尝了尝里面的液体：

> 于是，我陶醉在这种令人神魂颠倒的汁液中，又设法打开了另一瓶。我狂饮一通，不知不觉就上头了，感到晕乎乎的。起初，我不知道自己是怎么了，我从未经历过这样的状态。我所站立的地面似乎在左右摇晃，周围的一切好像都在游动，令我几乎无法站稳。

后来，奥特梅修斯的狗被倒下的树砸死，令这位年轻的哲学家第一次思考了生命之流的停止。他告诉我们，他对最初拿到的几本书的看法，虽能看懂图表却看不懂文字。用斧头敲击石头，他看到火花溅起，他反复敲击就点燃了一片灌木林，很快成了熊熊大火。这时，奥特梅修斯想到可能因此戕害了动物，他第一次感到有良心的存在。顺便说一下，这是吉本在其《自传》中特别推荐的一段。之后是关于这个与世隔绝之人第一次摆弄手摇风琴（又一件来自沉船的物品）的描述。他告诉我们，他的父亲最后终于回到岛上，又惊又喜地发现奥特梅修斯还活着，并通过各种细小的确证判断出他就是自己的儿子。父亲的那些同伴杀了几头鹿取乐，奥特梅修斯觉得这是谋杀，让他感到惊恐。许多人在读到吉尔伯特先生作品中的伽拉忒亚第一次看到琉喀珀[1]手中死掉的小鹿时，都会有同感。

值得一提的是，奥特梅修斯并没有把他在自我修养方面取得的进步归功于自己天生的才能。相反，他认为：

> 我从父母那里接受的教育，尽管看似很少，却是有利条件，使我能开启思考，并注意到周围事物的存在。

然而，比这更重要的是他受到的“秘密的提醒和暗示”，他认为这是“来自某个身外的智慧存在的消息，十有八九是我已故母亲的灵魂”。因为，假如约翰·柯克在这个故事中有什么最急于阐释的观点，那么，这个观点就是：所有的知识最初都来自造物主，再由先知们不时更新延续，而且，在我们这个时代，“人依

①伽拉忒亚、琉喀珀，都是希腊神话中的海上仙女。

靠别人的关心和指导，他的行为才能与他的理性特征相符”。

诗人观剧

从古至今，戏剧表演不乏诗人的颂扬，这不足为奇。戏剧对普通人都有强烈的吸引力，那对于富有想象力和洞察力、善于感受和表达的诗人，其吸引力就更大了！不论今昔，戏剧里总有不少东西能打动善感之人。尤其是过去的戏剧，定然让富于想象之人觉得历历在目。戏剧在所有艺术中属于最稍纵即逝的类别，在内行看来，戏剧艺术家是最快被人忘却的，因为他们充其量只留下个名字。有个当代诗人写了一首《已故演员》，他问："今何在？"——

他们叹咏的激情，今何在？
他们催落的泪水，今何在？
他们上演的爆笑幽默，
这世界看过听过笑过，今又何在？
奥瑟罗的愤怒、朱丽叶的悲哀？
彼得爵士的奇想、泰门的怨恨？
还有米勒曼特和罗密欧？[1]

①奥瑟罗、罗密欧、朱丽叶、泰门都是莎剧人物，米勒曼特是威廉·康格里夫的戏剧《如此世道》中的人物，彼得爵士是谢里丹的戏剧《造谣学校》中的人物。

一个个全都在夜色里湮没无痕。

因此，W.E. 亨利先生，还有最近小贾斯汀·麦卡锡先生，均就“旧时的女士们”——即“很久以前的女演员”——提出过类似问题。

一位老艺术家，可有可无地在舞台上行走的情景，也足以令诗人心有戚戚。在《老演员》中，我们看到了温德尔·霍尔姆斯博士最为动人的真情流露。此外，剧团中小角色受尽观众的冷漠，同样教人倍感同情。观众记得的是“主演”，小角色则被忽视了。奥斯汀·多布森先生说：

想想偌大一群人，却无人记得，
无人歌唱，无人颂扬，无人怜悯；
那些女子，没有人为她们献上花束，
那些男子，没有场馆张贴他们的名字，
这些无名无利的大多数！

很久以前，萨克雷就已指出，演员的生活根本不是“吃喝玩乐”。这位敦厚的幽默作家写道：

当他笑完了，说完了，
当他摘下面具，
那张脸上没有丝毫快乐。

查尔斯·劳埃德曾在一篇文章中对表演艺术严整的体系作了

分析，但此文理性有余，诗意不足。罗伯特·布坎南先生用《基蒂·肯布尔》的生平，勾勒出了我们这个时代女演员典型的演艺生涯；H.S. 利则记录了儿时听说的演员们的精彩表演，他说：

仙女超凡脱俗，
然而褪去戏服，
她们平淡无奇，
再也无人顾及。

在《巴布歌谣》中，吉尔伯特承认，他描述的“舞女”：

凭借绳索在舞台上飞翔，
她的演出明显是个谎言，
她并不是仙子，
正如我也算不上诗人。

但若见着她在家里操持家务，“她就是个真仙子”。吉尔伯特还曾在他处对某个“自命不凡的演员”冷嘲热讽，那位演员觉得自己的腕儿大了，不肯出演小角色。在《哑剧“巨星”致面具》一诗中，他描绘了这位超级名角生活里的那些枯燥劳役。还有，谁不记得 H. J. 拜伦在《维克剧院[①]的坏蛋》中的戏谑描写？通过克莱门·斯科特[②]先生《小丑的哀歌》以动人的语言，唱出了哑剧

①英国最著名的老剧院之一，位于伦敦滑铁卢桥路。
②克莱门·斯科特（Clement Scott，1841—1904），十九世纪英国著名戏剧批评家、剧作家、歌词作家、翻译家，其文风对现代的戏剧评论仍有影响。

演员的没落；但是，圣诞节日般的辉煌盛彩依旧令人向往，即使是我们的一些中年人也念念不忘，这在“C. C. R.”形象亲切的诗中有描写。

演员们顺理成章地成为众多诗歌论及的对象，不论是褒是贬。本·琼森颂扬德威士公学的创建者爱德华·艾伦[1]；理查·伯比奇[2]则不仅在弗莱克诺和米德尔顿的诗歌里被传诵，也在多布森的作品之中倍受褒奖，后者描述了当时观众有多投入：

情绪变化激动不已，
绝望、希望、愤怒、欢喜、畏惧、怀疑，
皆为伯比齐的戏！

在内尔·格温[3]眼中，罗切斯特伯爵[4]就是一位热情似火的桂冠诗人，伯爵曾宣称：在舞台上“她周身辉煌，光彩夺目”。在《罗修斯之流》中，我们可纵览与作者查尔斯·丘吉尔同时代的主要演员，从汤姆·戴维斯、亨利·莫索普到加里克和巴利这对冤家。戴维斯的主要优秀之处是有个“漂亮老婆”，莫索普的“愤怒在单音词里爆发”。在书中，查尔斯·丘吉尔神父还屈尊肯定了一些其他演员的表现。加里克将永远活在戈德史密斯的诗集《报

①爱德华·艾伦（Edward Alleyn，1566—1626），莎士比亚时代最伟大的戏剧演员之一，他既是莎士比亚环球剧场的常驻演员，也以丰富多彩的创业经历著称。
②理查·伯比奇（Richard Burbage，1567—1619），莎士比亚时期最出名的戏剧演员，在莎士比亚的许多戏剧里担任主角，是莎士比亚重要的事业伙伴和最要好的朋友。
③内尔·格温（Nell Gwynne，1650—1687），英国喜剧女演员，英王查理二世的情妇。
④罗切斯特伯爵第二，即约翰·威尔默特（John Wilmot，1647—1680），英国宫廷诗人，查理二世的宠臣，被视为风流才子的代名词。

复》中——这诗集真的是妙语连珠，大获成功。欧德菲尔得夫人在蒲柏的笔下封神，同此殊荣的还有巴顿·布斯；而奎因的文字让加里克和詹姆斯·汤姆逊不朽。霍勒斯·沃尔波尔颂扬凯瑟琳·克莱夫和弗朗西斯·阿宾顿的魅力；查尔斯·韩布里·威廉斯爵士不遗余力地鼓吹佩格·沃芬顿之优秀。

仅次于《罗修斯之流》的，自然是《演艺界》（一八〇二年）和《舞台人》（一八〇九年）。《演艺界》论及G.F. 库克等人。《舞台人》保存了人们对许多演员的记忆，如仪态高贵的J.P. 肯布尔，擅长逗笑的芒登、李斯顿、查尔斯·马修斯，阳刚美男梅恩·杨，快活的乔登夫人。关于J.P. 肯布尔，大家都记得托马斯·坎贝尔曾滔滔不绝地称赞他是“不列颠舞台的荣耀”，他说：

令众人着魔，
是舞台赋予他的神力。

J.H. 雷诺兹称赞查尔斯·肯布尔的风度，加斯提斯·塔尔福德对阿德莱德·肯布尔的优雅倍加赞赏。杰出的女演员西登斯激发了诗人们的灵感，查尔斯·兰姆为她创作一首十四行诗，拜伦勋爵为她写了一首双行体诗。兰姆也为凯丽小姐献上了一些十四行诗，拜伦则为埃德蒙德·济恩写了一首得体的礼赞。塔尔福德和巴里·康沃尔，还有丁尼生，为麦克雷迪的美德作诗赞扬；詹姆斯·史密斯为费伦、布仑顿、史蒂芬斯这三位小姐写就华美诗篇；来勒·歇尔因欧尼尔而诗意泉涌；约翰·昆西·亚当斯对艾伦·特里赞叹不已。

令人欣慰的是，说到如今的演员，褒扬之风依旧。在这所谓世风日下的时代，演员们亦不乏同时代诗人的由衷欣赏。威廉·文特和克莱门·斯科特均为已故的阿德莱德·尼尔森写就洋洋洒洒的挽歌。前者哀悼说：

黑夜闭上了她的善睐明眸，
寂静封存了她的婉转歌喉。

H. S. 利在巴克斯通先生的剧院看到“一个美艳夺目的稀世佳人”，轻柔的话音宛如天籁，后从旁人处得知这是“奈丽·穆尔”。此外，已故的约翰·布鲁厄姆和乔治·贝尔福分别受到文特先生和斯科特先生的赞美。至于巴克斯通、韦伯斯特、查尔斯·詹姆斯·马修斯等人的墓志铭，可以参见《笨拙先生》中的亲切文辞。感谢上天仍然让范妮·肯布尔小姐与我们快乐同在，她唤醒了朗费罗的缪斯，为她咏叹；诗人们在优雅诗作里向海伦·福西特致敬，这些人不仅有她丈夫西奥多·马丁，还有麦克雷迪和勃朗宁。

在阿尔弗雷德·奥斯汀的《季节》和 G. F. 阿姆斯特朗的《穿呢大衣的梅菲斯特》中，一些当今活跃在舞台上的演员受到了嘲讽。但作为补偿，他们也收获很高的评价。奥斯卡·王尔德这样评价欧文先生：“你是号角，为莎士比亚的嘴唇吹奏而生。”王尔德虽推崇他在《科西嘉兄弟》中饰演的法比安·德·弗兰奇，却力劝他出演李尔王：

疯狂的李尔王

因你的召唤，带着尖声嘲弄他的傻瓜，
在荒原上流浪。

同样的，王尔德先生虽然对艾伦·泰利小姐饰演的十七世纪法国公主亨利埃塔·玛丽亚和伽马很满意，却曾建议她出演埃及艳后克丽奥佩特拉。对泰利小姐最热情的诗人大概是小贾斯汀·麦卡锡先生。诗人们为肯德尔夫人创作的十四行诗不止一首。图尔先生和班克罗福夫妇则分别受到文特和克莱门·斯科特两位诗人的追捧。对于欧洲大陆和美国的男女演员我没有发言权，但他们也一定在诗歌里收获了赞誉，这也就够了。

冬日读书

一年之中，冬日最宜读书。冬日来临，周遭满是愉快研读的邀约，迎面而来就有出版商诱人的广告。书店的橱窗里，柜台上，摆放着种种书籍，颜色各异，大小不一，光彩炫丽。火车站的书摊，压满了书，不堪重负，摇摇欲坠。这些堆积的书籍似乎在说，在这个季节，身体的食粮固然要我们为之大为费心劳神，但同样也要为精神起草一份丰盛的菜单了。

不得不说，这样的展示再合适不过，无他，书香与季节相得益彰。夏季诚然也是读书人的好时光。朗费罗先生说过，在我们面前，夏天多么令人愉悦，绿树成荫，微风徐徐，置身于田园风光之中，无婴儿大声的哭闹，无商贩刺耳的叫卖，尽可潜心研读心爱的作家。但我们真能学习多少，坚持多久？每个人扪心自问吧。我们的眼睛难道不是很快就从书上移开，常常去打量周围美丽的风景，或是因为太热而合上，昏昏欲睡？若按浏览缪斯的成果而言，绿树摇曳的六月未必是她们最好的朋友。我们漫步走进肯辛顿花园，兜里揣着马修·阿诺德[1]的诗篇，很快就沉浸在那永

[1]马修·阿诺德（Matthew Arnold, 1822—1888），英国诗人、评论家，曾任牛津大学诗学教授。

远清新、永远愉悦的描述之中：

众鸟纷纷歌唱，
声透城市喧嚣。
绿茵多么浓稠！
咩咩此起彼伏！
孩童穿过空地，
觅寻玩具保姆；
画眉掠过上空，
为这生计忙碌。

糟糕，我们抬头看鸟，观望孩童，打量绿茵的浓淡，然后可能就会在“微风正好，花草正香”的时候，往椅子上一靠，或在草地上一躺，便安稳地睡着了。

所以，总体而言，我们——至少是有些人——应该承认，风和日丽的时光于高雅文学并不特别有助。阴沉无聊的清晨，漫长黑暗的夜晚，更适合读古今之书。而且，如果冬天是读书天，则毫无疑问，它在很大程度上是读某一类特定书的天。人们发现，冬天不止精神食粮数量众多，而且更有一种特别的精神食粮。冬天是小说家狂欢的时节，空气里弥漫着他们的胜利气氛。散文家没有什么胜算，他们没有追随者。诗人也不怎么吃香，除非他已年逾古稀，才高望重，是位令人肃然起敬的大家（如从前的丁尼生男爵），选择此时向世界宣布他最新的回顾和预言。除此，只有讲故事的能大行其道，千百年来，莫不如此。年轻人再次陶醉在虎口脱险或少女闺怨这类故事中，但长辈们却一如从前，让他们安静地坐下，读家族里的鬼故事、圣诞节的情情爱爱、炉火中隐现的脸、雪地里神秘的脚印。

那么，先生们，女士们，何不看一看呢？我们不要再愤世嫉俗了。人人都知道，这些个鬼魂、情爱、人脸、脚印，都已经颠来倒去，“老掉了牙”，有些甚至已到了叫人作呕的地步。没错，它们都是些陈芝麻、烂谷子，是因循传统的故事。然而，画家康斯特布尔[①]画了一片“油灰色”天空后，称他“喜欢油灰色”。像他一样，我们中许多人也会将手按在胸口，斩钉截铁地说，我们喜欢传统和古老——在恰当的时候。确实，我们喜欢一切合乎时令的事物。什么什么过时了，什么什么根本不新鲜，这些话都无可争议。鹅与火鸡不是新东西，葡萄干布丁和肉饼亦非新事物，可是我们即使对它们不再充满旧时的激情，也依然有一种亲切。让我们也伴着大雾、霜冻、冰雪，摄取一些平淡的精神食粮吧，它们相得益彰。让我们有什么就吃什么吧，不论是菜蔬还是贤德的女主角，不论是捕猎所得还是终于嫁给勇敢骑士的金发公主。如古罗马人所说，总有人乐于贬损古老的冬日故事。就让我们那些相信依时而食的人跟过往的岁岁年年一样依时而食吧。

不过从另一角度而言，当然有可议之处。对于按季节而阅读这一想法，无须过分拘泥遵循。冬日的读者，若如自己所愿，读一读不同的内容，若能令人心旷神怡，亦无不可。或许等到应景

①约翰·康斯特布尔（John Constable, 1776—1837），英国风景画家，主要描绘英国乡村自然景色。

的作品都读尽了，各类期刊也裁开看完了，当季的新书也都浏览过了，发现自己不得不靠自己的资源打发时光，到了此时，读书的契机也就来了。这个时候，或许，从外面的冰天雪地转回身来，拉上窗帘，捅旺炉火（或者呢，“打开”维多利亚时代的取暖煤气炉），拿起一本散文集或是诗集，读者立刻就会穿越到茵茵绿地，到满树繁花，到待放的蓓蕾、如碧的晴空、沁人心脾的和风，这一切因为屋外天寒地冻而更令人向往了。这真的是沉闷白昼和漫长夜晚中的一大美事，人们可以超脱环境，忘却橡皮套鞋、手巾、大衣和口罩，让精神沉浸于想象中的优美夏日不必自拔。“回忆往昔更快乐的时光”也并非总是“悲哀之中最沉痛的悲哀”。当风猛烈地刮着窗户的玻璃，几乎撼动了烟囱，诗人和散文家更加可亲，他们化寒冬为七月的薰风，风里带着玫瑰浓郁的芬芳。

诗人婚后

爱德温·阿诺德爵士将致亡妻的诗收集成册出版，共一百四十页，“颂扬吾妻”，“汇集成册以表悼念”。任何为人妻者或许都会以这样的颂赞为傲。这本诗集里除了一系列以夫人芳名的每个字母为灵感而作的诗，还有许多新婚后的创作、在各种场合献给她的诗作，以及充满柔情、哀婉动人的悼亡诗。诗人感叹：

死亡已变得亲切，
因为使一切变得优雅的你，已仙逝；

他最后的诗句是：

上帝创造了她，定然深爱她——这是无疑的，
于是——她累了，他为她拉上了窗帘。

缪斯的追随者把自己和伴侣的感情看得如此神圣，实不多见。实际情况往往会让一些人变得牙尖嘴利、尖酸刻薄，这些人动辄反对婚姻，尤爱谴责婚姻对于诗人的影响。必须承认，历史上的诗人确有些琴瑟不能和鸣的故事。某些耳熟能详的例子，不

敬者一再提起。比如，弥尔顿第一次婚姻极不成功，这是众所周知的，而且应该给所有同病相怜的诗人提供了一些训诫。有个讽刺诗人斗胆把丈夫的不满写成了诗。既然女人已被称为“玫瑰”：

“对花我无法评判，但是，”诗人哀叹，
“若她是玫瑰，凭着刺我才认识了她。”

德莱顿更过分。诉苦之事，何须经他人之口，他亲笔写了妻子的墓志铭，为别的诗人省却了麻烦，这一墓志铭为人所熟知：

吾妻长眠于此，让她留在此地。
如今她已安息，我也得以休憩。

此诗自然成了众多后来者的样板。有人将之扩充一番：

吾妻此处眠；可怜的莫莉，让她留此地；
她终得安宁，吾亦得安宁。

恐怕诗人们总是和自己的贤内助争执，幸而他们没有事事入诗。拜伦有此类诗，但那是因为他喜欢让自己和自己的事入诗。他写自己和夫人签署分居协议的诗句，已是家喻户晓：

去年你信誓旦旦，
“要互敬互爱”云云，
那是你许我的誓言，
而这就是它的兑现。

签署协议数月后，诗人写下《闻夫人染恙而作》，字里行间可见其内心颇不宁静。但若说拜伦婚姻遭遇不幸，则不太符合他作为诗人的潇洒性格。

诗人与伴侣幸福度日或者夫妇不谐的例子，至少在数量上是不相上下的。斯宾塞精彩绝伦的《婚曲》虽写在婚前，但相信他何时都不会收回或封锁此诗。即使是弥尔顿，虽然与第一任妻子玛丽·鲍威尔过得磕磕绊绊，也写过一首深沉的十四行诗悼念第二任妻子，述说梦见“已故贤妻”回到自己身边的事，说她蒙着面纱，“穿着和她心地一样纯净的白衣”，在他的想象中，“她全身发着爱、善和温纯的光”。还有雪莱，在所有人中，他最有理由质疑婚姻是首要的生之快乐。然而，他也曾真心诚意地写过两位太太身上动人的东西。他告诉哈莉特·雪莱，说她是他“更纯洁的思想”，是他诗歌的灵感。在《少年集》的序言中他写道：

你是早开的野花，
却被我编进了花环。

同样，他愉快又不带偏心地为玛丽·雪莱写道：

玛丽，吾爱，快来我身旁，
你不在我身边，我难安身心；
你对于我，玛丽，亲爱的，
就像黄昏对于西方的星辰，
就像日落对于天空中的月亮。

诸如此类。我们都知道华兹华斯婚姻美满，华兹华斯夫人曾有幅肖像，“是淑女典型，是玉质天成”，除此之外，这幅肖像还给了诗人灵感写了两首同样精美的十四行诗。同样为人称道的是穆尔与他的“贝西”比翼双飞：一方为女演员，一方为应酬甚多的诗人，但在爱巢里两人举案齐眉。利·亨特有一首献给妻子的十四行诗（《为自己胸像做模特有感》），诗中满是无以复加的柔情蜜意。胡德就“他自己的烦恼”写过几行戏谑的诗——“一个婆娘，晨起穿上外衣，开始布道，晚上换上睡袍，继续讲学。”但在他写给夫人的诗里，还是能看出他发自肺腑的真情，诗末写道：

因此，吾爱，任凭时光飞逝，
任凭日新月异，
有个倩影总在我心头
我生命的潮水对你忠贞不渝。

至于已故的莫蒂默 · 柯林斯，他最好的诗歌，很多——如果不是绝大多数的话——都是美满婚姻的直接产物。不只是诗歌，在他的小说里也常常可见一些朗朗上口的语句，是他第二次婚姻成功的见证。一八七五年，他给“弗朗茜丝”写了一封生日贺信，信末附了这首诗：

我常想，我唯一的爱人，
若世间一半女人

有你的一半善良，
世界就会更真纯。

你是否同意，我唯一的爱人，
若半个世界的一半男人
有我这般爱意，
人间就更快乐？

我的论点，至于当下的证据，没有必要去喋喋不休地举例，因为大家都知道桂冠诗人丁尼生和勃朗宁先生都曾写诗称颂婚姻；另外，诗人洛克和杰拉尔德·麦西等也同样真诚地赞颂婚后夫妻恩爱带给自己的巨大快乐。麦西先生写道：

美人——无与伦比的美人。
啊，我的心上人，
爱侣双双归巢，
笑容才如此称心。

美人——无与伦比的美人。
倚我肩上，我的新妇，
两心同此一生，
肩上重担也轻。

诗人的气质无疑是独特的，并非每个女子都天生适合嫁作诗人妇。最理想的情况是互相真心爱慕，且妻子也愿意夫唱妇随。

即便是这一点，在所有情况下也并非绝对必要，毕竟不是每个诗人都奢望伴侣同时也是自己的热诚赞赏者。然而，彼此相爱是必不可少的。除了诗人夫妇，其他伴侣若要幸福，相爱不是也同样不可或缺吗？

浮士德在英国

浮士德这个话题，让人有一种特别的兴趣。浮士德的传说始于中世纪，到施波尔、柏辽兹、古诺和博伊托[1]等作曲家的时代，已过了几百年，但这个话题一直吸引着欧洲人。称得上举世闻名的故事不多，浮士德算是一个，能与之相提并论的，有鬼船的范德狄根、唐璜、堂吉诃德等，围绕这些深入人心的人物，涌现了大量的文学作品。

每个有教养的人大概都听说过浮士德。但一个群体对浮士德故事的细节了解多少？探究的结果却可能令人意外。比如，可以这样问，在我们自己国家，普通男女对这个传说到底知道多少呢？除去以这些东西为生的专家和一心想靠这些研究出人头地的人，提到浮士德，普通英国人脑海中会浮现出什么？大家想起他时，会想到什么？看待他时，依据什么？是历史，传说，还是歌德的创作？简而言之，在当下英国，普通人中若真有“浮士德”这个概念，那么，是谁或是什么造就了它？

①施波尔（Louis Spohr，1784—1859），德国音乐家。柏辽兹（Hector Louis Berlioz，1803—1869），法国作曲家，法国浪漫乐派的主要代表人物。古诺（Charles Francois Gounod，1818—1893），法国作曲家。博伊托（Arrigo Boito，1842—1918），意大利剧作家、作曲家。这些作曲家都创作过以浮士德为主题的作品。

在英国，最早描述浮士德的是十六世纪诗人克里斯托弗·马洛，他的《浮士德博士的悲剧》将近三百岁了，依然可在其作品的现存版本中读到。但是普通读者对《浮士德博士的悲剧》了解些什么？是否翻阅过这本书？他认识的人中有无读过此书的？剧中有一个对句：

啊，万星璀璨的夜空，
也比不上你美丽动人。

此句不知怎么进了许多名言金句集，但也就到此为止。十万人中也未必有一人能经受住盘问，哪怕是关于该剧的情节——十万人中未必有一人知道，剧中没有叫玛格丽特的人物；也未必有一人注意到，马洛剧中的魔鬼的英文名字拼写是 Mephistophilis。就算有人对《浮士德博士的悲剧》略有耳闻，所知也甚少，而对“浮士德”主题的闹剧和哑剧，我们则敢肯定，如今根本已无人知晓。然而从伊丽莎白到乔治四世的两百年间，这些闹剧和哑剧曾让英国的戏迷或开怀大笑或心生厌烦。现在，一个人就是对这些戏全然无知，也不至于被人看作是什么一大欠缺。

同理，本世纪头二十五年即将过去之时，在德鲁厄里巷剧院上演了一部题为《浮士德》的“浪漫音乐剧”，如果对其主题一无所知，也情有可原。现在的戏迷中，有些老前辈可能看过此剧，他们对浮士德传说的理解可能也曾受之影响，但是，依我看，观戏历史如此久长者一定寥寥无几，不见得会引发国民大众的热情。也许，歌德此诗五十多年前刊行的众多英译本，也未能给现今的公众留下多少印象。这些译本有李维森–高尔的，有海沃德的，有布莱基的，有安斯特的，有费尔莫的，其他的恕不赘述了。这些译本，只有海沃德的算是流行过，但即便如此，估计也没有太多读者。受过教育的人或架上藏有此书，却很可能不会经常取读。将近二十年前出的西奥多·马丁译本和巴亚德·泰勒译本已经基本取代了海沃德译本，然而，可以想见，即使这两个版本，也只为极少数饱学之士所熟悉。

不过，我们多少是有些臆测了。因为，比西奥多·马丁译本出版早十八年，查尔斯·济恩在伦敦演过一出戏（罗伯逊译），名曰《浮士德和玛格丽特》，该剧无疑为塑造英国人对浮士德故事的认知出了不少力。很多戏迷回首三十年前，不仅可以忆起济恩的魔鬼梅菲斯托费勒斯（简称“梅菲斯特”），还可以记得卡洛特·立克勒克小姐饰演的玛格丽特。而且，这部戏在伦敦和外省都多次上演，不过，时至今日，也已经是老古董了，较年轻者对它所知甚少。该剧原系法国戏，尽管法文原作者只是改编歌德的作品，从中抽取了与魔鬼梅菲斯特的契约和玛格丽特的毁灭，而摒弃了其他戏份。如今的英国大众，自然是把这部戏当作了浮士德故事的全部，形成了对浮士德的最初印象，且这印象不曾受后来的戏剧影响而有实质改变。贝尔·伯纳德的《浮士德》，虽然才过了二十多年，可以说几乎已被人遗忘；而吉尔伯特先生的《格雷琴》在伦敦只上演过一小阵子，该剧和歌德的故事大相径庭，他把浮士德（该剧中又重新叫 Faustus）塑造成一个看破红尘的年轻人，出家做了修道士，删除了瓦伦汀这个人物，增加了一个格特弗里德，既是浮士德的朋友，也是格雷琴的情人。该剧对大多数戏迷并未产生明显的影响。威尔斯先生的《浮士德》，虽然加入了女巫的厨房和布罗肯幻象，使大众由此了解歌德原作的特色，但内容也和济恩的《浮士德和玛格丽特》差不了多少。

然而，浮士德的演出剧目远不止此。大约十五年前，不是有法语删节版的《小浮士德》吗？至少该作的根源还是这个家喻户晓的故事。再近几年，不是有《小浮士德博士》吗？作者H.J. 拜伦把炫丽狂想的精神表达得淋漓尽致。不是还有《梅菲斯特菲勒二世》吗？剧中的浮士德得到重新演绎，"梅菲斯特菲勒"则被砍短，成了草草的"梅菲斯特"。F.C. 伯南德先生用机智的笔调改写了好几个歌剧《浮士德》的模仿滑稽戏，近来又有G.R. 辛姆斯先生和亨利·皮提特先生翻新了这些滑稽戏。毫无疑问，所有这些戏，意在加深英国人对这个传说的印象，而这印象最初来自《浮士德和玛格丽特》。

但是如今这两个有情人的故事能在本国流行，主要是谁的功劳呢？哪个作品使这个故事最终在大众的脑海中定了型？我想，答案很明确。一想到浮士德，英国人大多会想到古诺歌剧里的那个浮士德。正是古诺，而不是歌德，也不是马洛，也不是别的人，让浮士德、他的契约、他的爱情故事为英国的男女众生所熟知。二十五年前，这部歌剧第一次在此上演，自从以后，它的影响力经久不衰。它从不倒大家的胃口。只要有机会，观众就会去看此剧，乐此不疲。最近这几年，博伊托的《梅菲斯特菲勒》不但再现了歌德诗中的女巫场景，而且还重现了天堂序曲和海伦的插曲，让公众对这个故事感到有些迷惑。但是，对大多数人而言，古诺那部戏的地位没有受到动摇，一提起浮士德，缺乏教育者的脑海里浮现出的是古诺剧中的男主角。

当然，古诺作品的灵感其实来自歌德的诗。因此，关于这位伟大的德国诗人，有一点尤其应该铭记，那就是，作为戏剧人物的浮士德，其实是由马洛塑造的，为此歌德应该感谢马洛，不过玛格丽特的爱情插曲只应归功于歌德一人。《浮士德》中的其他内容，几乎全都有迹可循，有的是确凿的事实，有的是飘忽不定的传说，但构想出这个爱情悲剧的是歌德，而把这个爱情故事深深烙印在这一代人心里的，是古诺的音乐。

科学与讽刺

一卷诗集，其精华部分——如若不是主要部分——包含对科学理论的巧妙嘲弄，则堪称时代的标志，但绝非我们所不熟知的标志。达尔文的《人类的由来》自问世以来，诸多文章都嘲弄人类由来这一话题。有些嘲弄源自蔑视，而蔑视源自怀疑。专家学者总要说这说那，其所谈却并不皆为真理。另一方面，还有一些人，既不接受或否定科学成果，只满足于揶揄嘲弄——贬低科学成果，认为其荒唐至极，而后自己描绘一幅景象来加以嘲笑。

有时，讽刺的运用较为笼统。比如，梅·肯德尔小姐的诗歌《教育先烈》，诗中的先烈“承认景色壮丽”，怎奈不喜悬崖峭壁，皆因峭壁系劳伦岩，而非更新世岩。至于花朵，则是：

河边的报春花，
在他眼中无非就是双子叶植物，
此外，别无其他。①

说到这类专家，不禁让人想起康斯坦斯·纳登小姐笔下的科

①此处是对威廉·华兹华斯诗歌的戏仿，原诗为“河边的报春花，黄黄一朵献给他，此外，别无其他”。

学家，称他的求婚之举将以“磁石”般的魅力取胜，“始于两眼的‘光学’，终于联结的‘化学’！”他打算给情人唱首“达氏”情诗，结果毫无疑问，跟纳登小姐所说的“进化论”恋人一个下场——败给一位更为俊俏的男士，再次印证自然选择学说：

他们跳着华尔兹，旋转起舞，我怎能不气？
他们唱着圣诞歌，郎情妾意，我怎可不讥？
喔，不！既然克洛伊错了不对，
我确信，达尔文正确万岁！

确实，一直以来都是达尔文承受了最凶猛的讽刺抨击。这种刻薄的待人之道始于尼弗斯勋爵，他所写的《物种起源》和《皮瓶》，均受《人类的由来》启发，且与《人类的由来》一样基于史实。《物种起源》让我们了解到“万物如何从单分体演变而来”，幽默诙谐地展示了单分体演变成人类的各个阶段。《皮瓶》告诉我们，人类源自类似如今海鞘的海洋生物，该诗对这种海洋生物作了特别的颂赞。安德鲁·朗格先生也有诗曰，“海鞘的幼体，年轻幼小，生机勃勃”，它“用一只明亮的眼睛打量生命”。朗格先生还说：

悲伤和痛苦，他都挺清楚，
尾巴、脊柱和大脑，一样都不少。

朗格先生又补充道，从伦理上讲，他的人类后代有个习惯，从高阶生物退化，“返祖变回海鞘”。

纳登小姐最近频繁写作，比“一副皮囊”退化得还要久远，她创造了一位当代所罗门，他跟他的希巴女王说：

在久远久远的时代中，你我都是
一条软软的变形虫。

直到希巴女王

因为分歧和分离，
招致憎恨与憎恶。

然后，好似“被割断的伪足”，她“迷失在孤独的路途”。人们会牢记，尼弗斯勋爵在《物种起源》中讲述之事：

一只猿猴，拇指灵活，脑袋硕大，
心思费劲，终于学会说话，
自封创世之主，建立猿国疆土。

莫蒂默·柯林斯在他所写的《英国鸟类》中采用了这个概念，并作特殊之用，文中讲道：

很久很久以前，有那么一只猿猴，
几个世纪过去，毛发变得卷又浓，
又过几个世纪，连手腕也变了样——
自此就成为人，实证主义记心头。

再后来，科兹福德·迪克先生虽在《信仰的歌谣》中让弗雷德里克·哈里森先生屈尊支持达尔文学说，但仍坚持他对人类的崇拜：

虽然，从种类来说，那叫猿猴，
没准，追溯一番，他还是个纯种，
然而，人类啊，我为你歌颂吟唱，
而这就是我虔诚恪守的信仰。

幽默作家一直以来都对地质学的学说极感兴趣，好些年前，布雷特·哈特曾为“上新世头骨”写下一个“地质地址”。而这个地址，其实是卡拉维拉斯县一个姓鲍沃斯的人，与石松或翼龙压根不是一个时代。差不多同时期，这位讽刺作家描述了“斯坦尼斯洛斯协会”的分崩离析——人们在此地发现了“许多化石骨骼”，通过这些骨骼，布朗从理论上修复重现了“一种极其罕见的动物”，而琼斯发现，所谓的化石骨骼，不过是他一头走失骡子的骨骼。正如纳登小姐让追求她的科学家高歌一曲“达氏”情诗，布雷特·哈特也把自己的一篇作品唱给他的情人听，唤作《地质情歌》。在歌中，哈特承诺，如若能找到，就送情人“一个完美的海林檎贝”和“一整条全头鱼”。J.S. 莱基教授曾写过《地质学之歌》，撇开其他不谈，他在歌中描绘了一条鱼龙，“有一只暴凸眼，一个迷你脑”；肯德尔小姐依样画葫芦，专门用自己的一首歌来埋汰鱼龙，称它的“脑袋绝非眼睛上的一块斑点”！她说，鱼龙的脑袋“浅薄、简单又普通”，与雅利安人的脑袋大不相同。说到雅利安人的脑袋，哎呀：

有些要求太高，
压力大了，它就爆炸，
但在残忍的打击下，
它居然还能保全，真是不可思议！

此外，我们还要感谢肯德尔小姐，她为我们介绍古老的三叶虫。那虫谈起自己幸免于现代弊病，满心欢喜，女诗人于是由衷感叹，希望进化能止步于三叶虫时期：

只因，在志留纪，
做只三叶虫，活在海底，
呼吸自由，享受安逸，
喔，真叫人欢喜！

可惜，科学并非只忙乎人类的过去，它也关注人类的未来。论及人类的未来，也有许多理论，比起有关人类“起源和进化”的理论，甚至更令人称奇。其中一些奇思妙想，讽刺作家必然会希望大家注意。因此，莫蒂默·柯林斯写了篇名为《缝纫机先生》的讽刺文，对此肯德尔小姐跟我们打趣，让我们想象一个人类由许多精妙机械装置组成的时代：

抉择，不再徒劳无功，
自动的灵魂，不再发愁；
反射作用，登顶来发言，

方方面面，尽握在手中，
情感啊，只好落败求饶！

肯德尔小姐在讨论涅槃时，幽默地描述了“每个灵魂个体融入一个灵魂共同体”时会发生什么：

我们将不再逃避批评家，
也将不再在乎他们说得多难听。
他们将成为我们，至于我们呢，
半斤对八两，将成为批评家。

最后一提，大多数人都应记得，莫蒂默·柯林斯对廷德尔教授的“粒子”理论那颇为逗趣的“揶揄”；还有科兹福德·迪克先生通过前述诗歌《信仰的歌谣》，机智地表现了赫伯特·斯宾塞先生对“无限能量”大大的满意。

歌剧中的莎士比亚

“诗圣”最近在歌剧舞台上频频亮相。《奥瑟罗》已经有了新的改编，古诺的《罗密欧与朱丽叶》，第一次配上法文歌词在英国首演结束。威尔第的《奥瑟罗》具有非常重要的艺术意义，其中伊阿古的表演使这个人物处在其阐释者的前列。此外，我们已有亚瑟·沙利文爵士精心作曲的《麦克白》和《温莎的风流娘儿们》，其中前者为新作，后者则已经存在了十五年。这些作品接踵而至，一定曾让许多人思考，莎士比亚的作品，至少作为歌剧或歌剧性质戏剧的基础，其程度究竟如何。

迄今为止，将莎士比亚作品改编成歌剧和歌剧性质戏剧的情况非常普遍。这并不令人惊讶。他的一些作品很容易作音乐处理，这是显而易见的事。事实上，大约四十年前，莫里斯·巴尼特（以《正经一家人》闻名）就此问题写过文章，他认为，在某些情况下，如果有音乐助力，莎士比亚本人一定求之不得。他的作品，长久以来一直以纯戏剧的形式出现，他一定会乐意将它们变成歌剧，而且不止一部。以《仲夏夜之梦》和《暴风雨》为例，两部作品都有超自然的仙界元素，使用音乐伴奏，无疑最能给人留下深刻印象。令人高兴的是，门德尔松这位天才为《仲夏夜之梦》作了曲，他那美妙动听的作品经受了近半个世纪的考验。至于《暴风雨》，完全有理由相信，以前每次将它拿来“一试究竟”，人们或多或少都认识到它在旋律处理上的独特适应性，并有相应处理。从罗伯特·约翰逊到亚瑟·沙利文，曾有许多著名音乐家做过《暴风雨》，如洛克、珀塞尔、阿恩等。加里克把《暴风雨》重新搬上舞台的时候，用的音乐是一位名字并不浪漫的作曲家写的，那位作曲家名叫史密斯。后来，就在四十九年前，完全成熟的意大利歌剧《暴风雨》演出，该剧作曲是阿列维，他所据的是斯克里布的“本子”。斯克里布技巧娴熟，但敬重不足，莎士比亚不得不承受改编者的奇思异想，斯克里布为一典型例子。《暴风雨》原作的故事，这位法国词作者觉得还不够好，作了许多“改进”，其中一个改动是米兰达，把她写成了受西考拉克斯谎言的蛊惑，琢磨杀害恋人腓迪南。

除上述两部戏外，其他莎剧也不得不承受改编者和作曲家的折磨。例如，《温莎的风流娘儿们》。该剧于本世纪的前二十五年改编成“歌剧”，在干草市场剧院和德鲁厄里巷剧院上演，在剧中，饰演范顿的布拉汉姆引入了《不惧冬风凛冽》。然而，像这样仅仅是音乐上的改编并不就能称作“歌剧”，不过，用它来称一八三八年和一八六四年于伦敦上演的两部《福斯塔夫》倒也合适。第一部《福斯塔夫》由巴尔夫作曲，所依据的是一位意大利作家写的《风流娘儿们》。在这部作品中，拉布拉齐扮演福斯塔夫，格里西夫人扮演福特大娘，鲁比尼、坦布里尼和阿尔伯塔齐小姐担任配角。另一部是尼古拉的《温莎的风流娘儿们》，十五年前在柏林问世，这部剧也还过得去，英国的业余爱好者对其英语版不算陌生。至于其他改编成歌剧的莎士比亚喜剧，人们立刻能想到的是格茨的《驯悍记》，还有就是一位当代意大利音乐大师作曲的《威尼斯商人》。其中前者由威德曼先生改编，在英国较为有名。《威尼斯商人》则由亚瑟·沙利文爵士作曲，人们第一次听到是在大约十八年前的曼彻斯特。

但作曲家通常关注最多的是莎士比亚的悲剧，尤其是《罗密欧与朱丽叶》。《罗密欧与朱丽叶》最受作曲家的钟爱，它吸引了不同国籍的人，而且，大多数情况下，也成功地给了他们灵感。古诺的《罗密欧与朱丽叶》，前面已经说过。在它的竞争对手中，欧洲大陆最受欢迎的是津加雷利的作品，那部作品再过七年就有百年的历史了。据说，那部作品不到十天就写成，并且颇得拿破仑一世的青睐。同一题材的歌剧，在此之前几年还有施泰贝尔特的，在此之后则有瓦卡伊和贝里尼的，后两人的作品都在“三十年代”于伦敦上演。柏辽兹的作品当然是“戏剧交响乐”，不是歌剧，尽管它有宣叙调的序幕，有独唱，有合唱。歌剧作家在这部悲剧的题目上作了一些改动，表现了一些独创性。施泰贝尔特和古诺作的曲都叫《罗密欧与朱丽叶》。津加雷利和瓦卡伊变换了一下，把两人的名字倒了个个，将优先权给了女主角，叫做《朱丽叶与罗密欧》。贝里尼则对这个悲剧故事有更广的视野，将其作品命名为《凯普莱特家族与蒙太古家族》。《麦克白》真正的歌剧只有两种，一是歇拉尔的，也是“三十年代”在伦敦上演，另一种是威尔第的，距今已有四十二年。贝多芬曾以《麦克白》

为题材草成一个序曲和一段合唱，冯·科林则拿出了《麦克白》完整的第一幕。与此同时，在亚瑟·沙利文爵士之前，有三位英国作曲家为这部悲剧的演出提供了配乐，他们是马修·洛克、埃克尔斯和莱弗里奇。洛克配乐的作品由威廉·戴夫南特爵士赞助，该作品与其说是戏剧，不如说它有歌剧的特征。根据提词员堂斯所说，该剧的“打扮”是：

> 极尽华丽，歌唱与舞蹈华丽，女巫的飞行华丽，新的服装，新的布景，新的机械装置……演出极为精彩，是歌剧的性质。

在这部剧中，可怜的莎士比亚又一次遭受了改编者的蹂躏，在文本的处理中，这位改编者对莎士比亚的尊敬远不如其他人，比如博伊托对《奥瑟罗》的改编。在博伊托的版本中，还有不少莎士比亚的原汁原味。罗西尼的《奥瑟罗》可以说已经被威尔第的《奥瑟罗》永久取代，后者的版本当然更具戏剧性。昂布鲁瓦兹·托马先生的《哈姆雷特》是我们都知道的，大家都听过其中桑特利先生和尼尔森夫人的演唱。我们希望能够有一天，英国的业余爱好者能有幸观赏由博伊托先生改编并由法齐奥先生作曲的《哈姆雷特》——这两个人的结合一定会产生良好的结果。

引语趣谈

对于能够领悟引语的人而言，最令人深感愉悦的，也许便是恰如其分的引语所包含的巧妙才思。鲜有或没有文学素养的人，自然对此弃之如敝屣。如果引用一处段落，而阅读之人从未见过所引语段，那么，旁征博引自然就无济于事。如果引语让人难以理解，不但不能令人印象深刻，反而易于使人困惑，甚至恼怒。不妨说，一般而言，人们并不十分喜欢自己无法理解的妙语。他们不仅讨厌被人提醒自己对纯文学的不熟悉，而且心存怀疑，认为受人嘲笑了。或许，言者的本意并非如此，但听者的确心生这种不快。此外，其他人觉得引语风趣幽默，而我觉得不知所云，这种情况也着实令人恼火。另一方面，对于能意识到引语妙用的人而言，普通人无法领会的高雅引语更具魅力。许多人认为，最让人愉悦的，莫过于在再现古典作家或现代作家的文字诗句时，复述潜藏其中的才思幽默。

在所有风趣的引语之中，必定是出自《圣经》的最不受欢迎。倒不是说这类引语有时无趣。举个例子，哲基尔听说一个笨蛋去了希腊，恰巧想起了那句话："在外邦人为愚拙。[①]"十九世纪英国政治家乔治·奥托·特里维廉先生说过托马斯·巴宾顿·麦考莱幼年时的一件轶事，或可在此转述。麦考莱这位未来的历史学家似乎深受法律的威胁和恐吓而惴惴不安。他在父亲的屋后有一小块地，地上放了一排牡蛎壳，用来标示这是他的领地。一天，女仆莎莉把这些贝壳当作垃圾扔掉了。于是，少年麦考莱径直走到客厅——此时母亲正在会客——严肃地说："莎莉必受咒诅；因为《圣经》上写着：'挪移邻舍地界的，必受咒诅。'[②]"当然，这个戏谑并非有意为之。如若有意为之，毫无疑问，就可能冒犯一些人，戳中他们的痛点——他们理所当然地认为不应把《圣经》的经文作插科打诨之用。此外，人们认为，在多数情况下，巧用《圣经》文句并非难事。确实，引用《圣经》非常容易，因此仅凭这一点，它也就无法带来太多乐趣了。

源自希腊文和拉丁文的引语，无论是诗歌还是谚语，或者是约定俗成的措辞表达，不得不承认，上述批评仍可适用——常常让人不知所云。因此，就此程度而言，此类引语是失败的。然而，有那么几个短语，即便是最没文化的人也能认出来。例如，哲基尔本应在兰斯当宅邸逗留，他却去了和几个法官进餐，得以侥幸躲过宅邸天花板坍塌之祸。事后描述此事，他说自己原本应

---

①此句英文是"To the Greeks, foolishness."，出自《哥林多前书》第一章第二十三节，此处所言外邦人即为希腊人。

②语出《申命记》第二十七章第十七节。

是在“天崩地裂”之地，但他去与“伸张正义”[1]同进餐了。又如，唐纳森博士应邀解释何为“神圣之声”，说了一句妙语。他回答称自己是“声音而已，再无其他”[2]。可谓妙哉。还有就是律师凯勒相携几位好友，在朋友家吃晚饭，恰逢女主人新添子嗣。有人提议换个场地，到对面旅馆再行餐叙。“有此临时之需，”凯勒说，“自是当然。[3]”即使对古典学了解最少的学者，这句话也是甚为明了的。至于其他记录下来的妙语，普通百姓可不太容易察觉，因此，毫无疑问更受读书人的热衷追捧。例如，十九世纪英国作家兼咏礼司铎悉尼·史密斯描述他在朗文出版社吃饭的情形，提到该社的合伙人欧文·里斯在切开肉块，说“他通常都在切东西[4]”。无独有偶，才思敏捷的史密斯给伯吉斯主教——其弟弟以善制酱汁闻名——写过一句话：“深陷酱中，为时已久。[5]”顺便一提，人们可能还记得，史密斯的哥哥曾把格言“Libertas sub rege pio（虔诚君主治下，自由得保全）”译成“（虔诚君主治下，自由得驯服）”！

十九世纪爱尔兰诗人勒特雷尔贡献了一句非常简洁经典的引语。穆尔向勒特雷尔讲述一位老太太的事，他原以为一位老太太在听他的一首歌时哭了，但她似乎只是抬手扶了扶眼镜。“啊，”

①原文的拉丁短语“Fiat justitia，ruat calum”是法律用语，意为“即使天塌了，也要伸张正义”。

②这个典故出自伊索寓言《大山的分娩》，意思类似“雷声大雨点小”。

③拉丁文处方用语，也可意为“当需要时”。

④出自贺拉斯的《讽刺诗集》。

⑤原文“Gravi jamdudum saucia cura”是拉丁语，意思是“深陷痛苦，为时已久”，出自维吉尔的《埃涅阿斯纪》。此处的拉丁语“saucia”（伤痛）与英文“sauce”（酱汁）音形近似。

勒特雷尔说，“你以为那是雨水整夜稀里哗啦，其实不过是急着扶正眼镜归家。[1]”

哲基尔听闻音乐教育家J.B. 罗吉尔仅用了三节课就教完了极难的通奏低音课程，就作了一句同样干净利落的评论——俗话说“人之完全学坏，非朝夕可成”，这种速成教法和老话甚是矛盾。又如，有个人名叫帕克，他定期去教堂，因此有人戏仿贺拉斯的诗句，给他取绰号叫“吝啬的敬神者”[2]，堪称有史以来最精巧的引语之一。乔治·罗斯爵士亦从贺拉斯诗句中获得灵感，用以巧妙恭维他人。乔治爵士在寺庙附近遇见老友罗宾逊会吏长。会吏长正一边散步，一边陷入沉思。爵士问他所思为何。“噢，”会吏长答，“在‘思考一些琐事’。”“不过，”乔治爵士说，“亲爱的朋友，只要跟着你，必是走在‘神圣大道’上。[3]”类似的例子不胜枚举，来自十九世纪爱尔兰演说家兼律师柯伦的也有数例，其他爱尔兰律师的妙语警句亦有所记载，但需细加解释，因此处篇幅有限，只得割爱。

莎士比亚自然多为才思敏捷之士引用。众所周知，悉尼 · 史密斯曾应邀为名叫斑斑的小狗想个座右铭，不消说，他自然引用了莎剧《麦克白》的“消失，该死的斑斑血迹！[4]”詹姆斯·史密斯也是一样，他给关于乌鸦的章节想个题记，也必是引用莎翁之

---

①改编自维吉尔歌颂奥古斯都大帝的一首诗。

②源自贺拉斯的《颂诗集》，拉丁文诗句原文是“Parcus Dei cultor et infrequens（吝于亲往和献祭的敬神者）”，给帕克取的绰号叫“Parcus deorum cultor（吝啬的敬神者）”，而且帕克（Park）与拉丁语 parcus（吝啬的）音形相似。

③爵士和会吏长所说之话均出自贺拉斯的《讽刺诗集》。

④斑斑（spot）既可解释为斑点，也可解释为污渍、污点。“Out, damned spot”是麦克白夫人的台词，此处用在小狗身上可译为“出去，该死的斑斑”。

句，提议用“就为这个原因（远音），就是这个原因（远音），我的灵魂！[①]”有一位聪明男士，酷爱啤酒，萨克雷对他的评价让大多数人记忆深刻——“一半加一半喝，我再也见不到像他那样的人了（说到喝混合啤酒，再没有像他这样的人了）。[②]”不过，说到源自莎士比亚的引语，最欢乐的是出自约翰·汉密尔顿·雷诺兹的作品。谈到自己正吃着的牛肉，他说，“万恶的习惯倘不曾把它硬化得这么透”[③]，本来这可是真正不错的牛肉。此外，雷诺兹与一位女士告别之际，称自己是“在凄凉的鞠躬下。[④]”而勒特雷尔在谈及丹尼尔·奥康纳时，饶有兴致地改写了德莱顿的一句文字：

他弹奏的所有音符之中，
旋律的结尾总是以丹而终。[⑤]

---

①原文为“The cause, my soul，the cause,”改编自莎剧《奥瑟罗》中奥瑟罗的台词。此处英文原文cause（原因）与caws（“鸦叫声”复数）谐音，故中文译为“原因（远音）”，以求保留。在希腊神话中，乌鸦是阿波罗在人间的信使，他因误信乌鸦，以为情人移情别恋而误杀她，得知真相后大怒，把原为白色的乌鸦变成黑色。而在《奥瑟罗》中，奥瑟罗误信伊阿古，认为妻子不忠而错杀妻子。

②改编自《哈姆雷特》中霍拉旭的台词，“整个说起来，我再也见不到像他那样的人了”。“半个说起来”的原文“half-and-half”又指混合啤酒，由淡色艾尔啤酒与深色苦味艾尔啤酒各半混合而成。

③改编自《哈姆雷特》中哈姆雷特的台词“万恶的习惯倘不曾把它硬化得透不进一点感情”。

④原文为“under the shade of melancholy bows”，改编自《皆大欢喜》中奥兰多的台词“under the shade of melancholy boughs”（躺在凄凉的树荫下）。英语的bow（鞠躬；告别）与bough（粗大的树枝）发音相近，在此语境中，bows一词巧妙运用了双关，既指低头鞠躬，也指枝桠低垂。雷诺兹在此玩了一个文字游戏，说自己在低垂的枝叶下以忧郁的方式道别。

⑤此句是改编自德莱顿的《亚历山大的盛宴》（*Alexander's Feast*）诗句“For all the compass of the notes he ran, /The diapason closing full in man.”（他弹奏的所有音符之中，旋律的结尾总是以人而终。）勒特雷尔把原文的man（人）改为Dan（丹），即Daniel（丹尼尔）的昵称，有谐音双关的效果。

查尔斯·兰姆绝妙的笑话之一，是源自蒲柏的一行诗。当时律师克拉布·罗宾逊正跟兰姆谈论收到的第一份案情摘要。“难道你没有惊叫，”兰姆说，“‘你伟大的首个案情摘要，最不为人理解’？①”演员布林达尔稍稍改动了蒲柏的两行诗，用来取笑尼斯贝特夫人，着实有趣：

若她偶有女子常犯的错，

望向她的脸庞——你便会相信这一切。②

但最大胆创新的引语，可能要数有人对丁尼生先生（后获封男爵）的问候。当时，他去到牛津剧院，蓬头垢面的，准备接受教会法规博士学位，有人这么向他打招呼：“亲爱的，令堂叫你早起了吗？③”

英国议会历史上有些诙谐的引语，或许颇值得一说。有个著名的例子，那就是丹尼尔·奥康内尔说的“德比迪利马车，里面仅有六人。④”不过，要论张口就来，这句引语很难超越十九世纪两

①原文来自蒲柏的《通用祈祷书》诗句“Thou Great First Cause, least understood.”大意是“你这伟大的造物主，最不为人理解”。First Cause 首字母大写时意为“造物主、上帝”，而 cause 又有“诉讼案”的意思。兰姆巧用 cause 作为双关语，取得幽默的效果。
②改编自蒲柏的《夺发记》，原诗是“If to her share some female errors fall, / Look on her face, and you'll forget them all.”（若她偶有女子常犯的错，望向她的脸庞——你便会忘记这一切。）布林达尔将 forget 改为了 believe，变成了嘲弄的口气。
③此处原文是“Did your mother call you early, dear?”，改编自丁尼生的诗歌《五月皇后》中的“You must wake and call me early, call me early, mother dear ; / To-morrow'll be the happiest time of all the glad New-year.”大意是“你要早早叫醒我，叫我早起，亲爱的母亲；/ 明天将是快乐新年里最幸福的时光。”
④此句原文是“Derby Dilly, carrying six insides”，改编自 C. 弗雷尔的诗歌《三角之爱》。奥康内尔嘲笑德比伯爵为首的政治集团，将其比作一辆仅容纳六名乘客的公共马车，暗指该集团规模小且无足轻重。

度出任首相的罗伯特·皮尔的俏皮回应。有一次，理查德·L. 希尔好几次开口先提“需要”二字，皮尔顺口说道：“需要不总是发明之母。[1]”真是“妙手偶得”！

[1]改编自谚语“需要乃发明之母”。

典故趣谈

如果说才智可见于巧妙的引语，那么它在恰当的典故中更显眼。毫无疑问，引语的效果更明显、更广泛，更容易被人看出，因此也更容易得到认可。不过，对能理解典故威力的人而言，这可能正是他们更接受典故的重要原因。典故更能满足我们的虚荣心。对有些人来说，引语和典故都一样，让人云里雾里。因此引经据典存在一种风险，事实上可以说是最大的风险——典故容易引起误解和误会。但是，对于可以感受典故之美的人来说，这是多么身心愉悦的事情啊！远比恰如其分的引语更让人欢欣鼓舞，远比恰到好处的轶事更魅力四射！成功的典故是一种心照不宣，能让察觉典故的人欢欣鼓舞，好似突然偷袭了感官，引起内心瞬间大笑。显而易见的笑话会让人哄堂大笑，成功的典故则大不相同。典故不会在读者或听者的肋下穷敲猛打，而是挠挠胳肢窝，只求会心一笑。

典故的范围，自是没有限制。人们对典故的要求不外乎两点：要明了、要恰当。如果具备这两点品质，典故就能有广阔的视野，正如约翰生博士的“观察”一样，遍及天下。人人都读《圣经》，因此有些让人印象最为深刻的典故都源自圣经故事，这也就不可避免了。然而，此类引经据典也未必就不合乎礼节。例如，听闻某人穿越英吉利海峡，以逃避债主，塞尔温称之为“逾越节”，只不过犹太人不喜此“逾越节”，这也无伤大雅。十八世纪英国法官约瑟夫·哲基尔也有类似说法，他越往西走，就越深信智者来自东方，也不能因此说他极不得体。这两句妙语都带有《圣经》色彩，但还不算太直白。再来看看西德尼·史密斯的幽默谈吐：马塞特夫人表达了对他家火腿的赞赏，史密斯回答道：“噢，我们家的是独家真‘含’火腿，你们的是‘闪’和‘雅弗’火腿。[①]”这可再直白不过了。彭斯和塞缪尔·比兹利也引用《圣经》典故，至少应宽容待之。比兹利在去世前不久写了一封惆怅的信，有人说他的信“像《耶利米书》第一章”。“你错了，”他悲伤但让人肃然起敬地答道，“这是《撒母耳书》的最后一章。[②]”而诗人彭斯曾说过这样的祝酒词：“《列王纪·下》最后一章最后一节。”睿智之人会猜想，彭斯的引用之词，对王室可不甚友善。因为《列王纪》最后一节说“王赐他所需用的食物，日日赐他一份”，这位诗人脑海中想着的可能是年金。

无论如何，使用历史典故是无可非议的，当然这类典故也颇多。西奥多·胡克大概算不上是正正经经的历史学者，他在下文提到的一位英伦名人霍格时，确有些许模糊之处。诗人霍格曾

---

①此处运用了谐音双关，火腿的英文为 ham，诺亚有三子分别为闪、含、雅弗，二儿子“含”英文为 Ham。

②此处运用了谐音双关，塞缪尔的英文为 Samuel，与《圣经》的《撒母耳书》（the Books of Samuel）的作者同名。此处意指塞缪尔·比兹利本人行将就木，这封信就是他的终章。

当众问道："什么是珍珠母？"对此，胡克答道："我不知道，除非是指圣比德尊者。[1]"他的回答并不像人们期许的那样清楚明了，但多读几遍，其义自见。人们认为塔列朗说了一些"最不友善的言语"，其中可能就有类似的。塔列朗曾谈到法国科学院的成员，称他们某天可能会做些了不起的事情，因为一群鹅曾经拯救了罗马的卡比托利欧山[2]。这样的嘲弄堪与汉内的诗句相提并论——汉内的诗歌一样源于历史：

他们说，所有污言秽语，
汤普金斯都会一一处理；
因此，旧时的烟囱，
也是这样由大鹅来清洗。

又如法国名臣塔列朗的轶事。有一次他的夫人到了巴黎，塔列朗就想赶紧离开，因而遭到路易十八的嘲笑。对此，塔列朗回敬道："是的，陛下，这正是我的三月二十逃难日。[3]"塔列朗带有暗讽的话语，一定让路易十八深感不快。还有一次，查理十世曾断言，王位和断头台之间别无他路，口才敏捷的塔列朗不留情面地答道："陛下忘了，还有四轮马车。"这话一定让查理十世也

①英国著名僧侣、历史学家圣比德尊者（672—735）的英文称呼是 St. Bede the Venerable，其姓氏 Bede 发音近似 bead（小珠）。
②据记载，古罗马时代，鹅是朱诺女神的圣物。公元前三九〇年，罗马被高卢人围困。一天深夜，高卢军队试图翻越卡比托利欧山发动突然袭击，附近的鹅群注意到骚动后，立刻大叫，帮助罗马人脱离了险境。
③一八一五年三月，拿破仑一世从流放地厄尔巴岛逃返，率兵进攻巴黎，路易十八被迫逃往荷兰避难。

同样不爽。

文学的典故自然多见于文人之间。才子往往三句不离本行，文人也不例外。查尔斯·兰姆应邀去吃饭，得知会上一道野兔肉，心情大好，想起那则为人熟知的伊索寓言，脱口问道："也有很多朋友吧？[①]"西德尼·史密斯听说一位年轻女士不喜肉汁，建议她应该与肉汁"宣誓友谊长存"，不过她可能没有意识到史密斯是引用了《流浪者》的内容。哲基尔虽非文人，也引用过一个文学典故，虽然略显晦涩。在谈到一本讲述罗马的书的作者时，哲基尔用典故暗示道，作者的住所（《罗马史》）比他的同行要好[②]。洛克所著的《人类理解论》在当时为几个不甚高明的文字游戏提供了土壤。据说，英国十九世纪散文家内森·德雷克医生反对关上玻璃书柜，因为他永远无法忍受"给人类理解落个锁"[③]。与此类似，巴肯伯爵把头伸到门锁下，同样说了那句俏皮话，结果遭到厄斯金的无情嘲弄——他认为，自己看到了一个"低劣的翻版"。说到专业领域的典故，聪明的律师在这方面可没少折腾人，他们陶醉于以法庭行话为基础的笑话之中。十九世纪英国法官老诺伯里勋爵说过，对于一张被吞掉的令状，可不希望将它"送还"法庭。乔治·罗斯爵士提到自己每天在家祈祷，

①暗引《伊索寓言》中的《有很多朋友的野兔》。

②此处哲基尔的原文是 his room（Rome!）is better than his company。据记载，某次聚会上，众人对班克斯写的《罗马史》吹毛求疵，因而哲基尔讲了这句话力挺他。英文的 room（房间）和 Rome（罗马）音近，故中文译为"住所"。

③此处的英文洛克（Locke）和锁（lock）谐音双关，既可解释为无法忍受给人类理解落上枷锁（lock on the Human Understanding），也可解释为无法忍受洛克论人类理解（Locke on the Human Understanding）。

他相信“居家的侍奉是为良好的侍奉，送达的令状是为良好的令状”[①]。

说到各类巧妙的典故引用，引用的谚语让人一见难忘，比如十九世纪英国政治家、历史学家托马斯·麦考利的著名感叹：“瞎了我和海蒂·马蒂诺的眼！[②]”此外，对个人言语的引用也令人难忘，比如霍尔姆斯回答某个服饰用品商议员的问题时的说法。那位议员问他，今晚要不要约好一起双双弃票？霍尔姆斯答：“一双啥？手套还是长袜？[③]”不过，正如我所说，典故的帝国无边无际，向四方延伸，只要具备足够的学识，对巧妙的才思有充足感知，人人都能在典故的国度开疆拓土。

① service 可指“(传票等)送达”，也可指“做礼拜、侍奉”；house 可指“房子”，也可指“议院”。此处原文是 service at the house would be deemed good service。

②据记载，罗杰斯问麦考利对哈丽雅特·马蒂诺被催眠后神奇治愈的看法，麦考利回答“Oh, it’s all my eye, and Hetty Martineau”，可能借用十九世纪英国社会理论家 Hetty Martineau 的姓名，对谚语 all my eye and Betty Martin（胡说八道）略作改写。

③“双双弃票”原文为 a pair，既可指“敌对两党议员间对某议案放弃投票权的约定”，也可指“一双（手套、长袜等）”。此处服饰用品商议员希望霍尔姆斯与他一同弃票，霍尔姆斯假意问他，是一双手套还是长袜，以此嘲弄对方。

两位老友

格伦迪太太的大名无人不知、无人不晓。她或是“左邻右舍”的化身，或是“芸芸众生”的化形，再不济也是“体面人”的象征。她长期不露形迹，却是大权在握的习俗和道德判官。无数人遭逢生活危机时，总会不断地发问或者寻思：“格伦迪太太会咋说？”成千上万的人以为她立下了不成文但却明确无误的规矩，于是全部奉为行为准则。威慑之烈，莫过于此。弗莱德里克·洛克[1]尝言，“畏惧上帝的人不少，但畏惧格伦迪太太的更多。”确实是一位举足轻重的大人物，何时开始扬名天下？何时开始得势？用寻常话来说，“何人为其命名？”她从何处来？何人最早充满好奇乃至忧心忡忡地发问：“格伦迪太太会咋说？”

戏剧表演和成书的剧本给人留下如此印象，真是一个奇特的证明。这个体面人的化身，其命名与流行竟源于一部喜剧，而且该剧老早已不是日常演出的剧目了。“格伦迪太太会咋说？”最早出自《快快犁田》的剧中人之口。该剧是托马斯·莫顿（约翰·麦迪逊·莫顿之父）十九世纪末所著的戏文。说这话的是阿什菲尔德太太，她是庄稼汉阿什菲尔德的妻子。这两口子在这出夸张的

①弗莱德里克·洛克（Frederick Locker，1821—1895），英国诗人。

戏里从头到尾都在插科打诨，他们开场的对白确乎让格伦迪太太留名后世。格伦迪太太这位贤妻良母，既是庄稼汉的妻子，也是阿什菲尔德一家的乡邻。她家业兴旺，阿什菲尔德太太对此很是眼红。在我提到的对白里，阿什菲尔德太太说“格伦迪家的小麦比咱家的每夸特[1]多卖五先令”，又羡慕格伦迪太太的黄油是“市集上的好货”。阿什菲尔德倒不像妻子那么嫉妒格伦迪一家的好运，他只是实在受不了自家婆娘对他们的大名聒噪个不停。“安静点，成么？”这个庄稼地里的一把好手叫道，“成天在俺耳边叨叨又叨叨，‘格伦迪太太会咋说？’‘格伦迪太太会咋想？’就不能消停点？让俺安静会儿，别傻乎乎的。”做太太的自然抗议她不是忌妒格伦迪太太。“咋就不能提她了？俺真觉着赶明儿去了另一个世界，一张口就是格伦迪太太在不。”

不过庄稼汉的奚落和抗议终究落了空，老婆子依旧满脑子都是格伦迪一家。当“一个穿着蕾丝衣服的俊俏后生”递信给她时，阿什菲尔德太太嚷道：“嘿，老头子！你瞧见格伦迪太太的脸色么？”这位太太听闻旧仆妮莉嫁给一位准男爵时脱口而出：“老头子，俺在想格伦迪太太会咋说？”当她唯恐闺女与人有染时，又道：“她爹，俺在想万一咱可怜的娃一辈子抬不起头，格伦迪太太会咋说？”反之，当她得知闺女的准夫婿出自名门大族、家道殷实时，又自觉可以趁机压格伦迪太太一头，就说“等咱出了教堂，格伦迪太太会站在那儿……俺就这么瞟她一眼……先行半个屈膝礼，然后——”她在这里被打断了。她甚至对格伦迪家

①夸特（quarter），谷物容量单位，约等于12.7公斤。

的小姐们也嗤之以鼻。当谈及剧中的一位青年时，她觉得“甭看她们觉着自个儿知书达理，也少不得排揎他一顿。”

像阿什菲尔德太太这么个性鲜活的剧中人，再配上她那句口头禅，应该对那时戏迷和读者的心智影响很深远，这是不难理解难的。“格伦迪太太会咋说？”这个问题也最终获得了更广泛且更具哲理性的应用。托马斯·莫顿还塑造了一个人物，他虽然不及格伦迪太太那般妇孺皆知，但是其名号不论在公开演说还是私下闲聊中都屡见不鲜，这就是那位著名的休伯特·史丹利爵士[①]。多年来皆云他的“赞许”乃是“确凿的褒赞”。那么休伯特爵士究竟是何方神圣？他的嘉许为何备受世人欢迎？

查考此俗话之来源，即可解答以上疑问。休伯特·史丹利爵士乃是喜剧《哀伤之灵药》中的人物，这部喜剧是莫顿在写完《快快犁田》一两年之后创作的。杰内斯特评论道，剧中的老拉皮德[②]和小拉皮德惟妙惟肖，但是其余人物的塑造是“庸劣”的。这话倒也不尽然，毕竟这个剧本让当时的戏迷颇为过瘾，休伯特爵士之名在今人的日常言谈中亦尚有提及。若说阿什菲尔德太太是当时村妇的代表，休伯特爵士便是彼时乡绅的典型。他说过：“我一直是宗族的长老，抵御外敌，护佑伤者。”他的殷勤好客，遐迩闻名，受人赞许。戏中这位新贵的仆人（老沃特斯[③]）说道，“啧啧，老爷宅子那个俗哟……俺透过眼镜往大厅那么一瞅，足

①史丹利（Stanley），此英文人名指“成熟正直”。
②拉皮德（Rapid），英文意为“急速”。
③沃特斯（Vortex），英文意为“罡风”。

足有五十个叫花子在那里狼吞虎咽，那些可怜虫，老爷还绕着桌子看看他们有没吃好。”

管家哈特雷[1]奉劝休伯特爵士，再这么下去要入不敷出了。这位乡绅承认，脑子里一直明白管家这笔账是对的，然则“吾虽知之，行不能至”。唉，就是因为他太过豪爽，最终不免闹了亏空，不得已抵押了宅子勉强度日。他借了一大笔款子，准男爵的头衔也岌岌可危。后来他的债主（老拉皮德）受了老沃特斯的蛊惑，不让休伯特爵士赎回房子。老沃特斯还因为记恨休伯特爵士，想趁机将其房产据为己有。时为经纪的小拉皮德觉察到沃特斯的钱财来路不正，那些款项实则是在他外甥女艾伦·沃特斯名下，而他外甥女正预备与休伯特爵士之子查尔斯结婚，那笔钱其实是她的嫁妆。正所谓“为父正，为子贤”[2]。小拉皮德道破此事后不久，休伯特爵士对他说道：“拉皮德先生，您磊落光明的君子品格，赢得了我的赞许；为了给我亲爱的查尔斯带来幸福，请接受一位长者的祝福。”而小拉皮德对这番和善言语的简洁回应，如今已成了有名的评说：“休伯特·史丹利爵士的赞许，才是真正的褒扬。”

①哈特雷（Heartley），英文发音类似heartily（诚恳）。
②“为父正，为子贤”（of virtuous father virtuous son），语出约翰·弥尔顿（John Milton，1608—1674）所著十四行诗《赠劳伦斯》，该诗首句为“Lawrence, of virtuous father virtuous son”（贤哉劳伦斯，秉承父之志）。

译后记

去年十月，南方日报出版社编辑陈焱先生联系我们，说有一本英国文人威廉·达文波特·亚当斯（William Davenport Adams，1851—1904）的书话，名叫*Rambles in Book-Land*（《书林漫步》），想译成中文，希望我们能接下。我们对书话一直很有兴趣，就接了这个任务。

书中文章共二十八篇，作者用老到的英国小品笔法，谈诗论戏，幽默诙谐，读来不禁莞尔，原来知识、观点和解颐是可以这样水乳相融的，是可以这样让译者快乐的。

翻译是难事，这句话早已经是cliché（陈词滥调），做翻译的人已经都不提了——只有对不懂翻译、不做翻译的人才提一下。我们虽然也做了一些翻译，但可能还是不能称懂翻译，所以今天还可以提一提这句话，尤其是因为：一、书中内容庞杂，有许多对我们来说（哪怕是对今天的英国人来说也是）很冷门的作品，如不为人所熟知的诗歌、当年上演的一些戏剧等，查考非常费劲；二、作者引用常只是片言只语，语境缺乏是翻译的毒药，有时为了了解一个词，得把整部戏看完；三、这本书是十九世纪的文学作品，想尽量用十九世纪的汉文学语言去取得一种对应的语言效果，也不容易。

除了难以外，翻译过程中还有没有别的感受？有，很多。翻译这本书的时候，正好看到《世界文学》杂志微信公众号上推了傅浩《今夜中午：傅浩译文自选集》的《自叙（节选）》，他说他是翻译实践者；他说翻译犹如画画，直译才是好的翻译，意译是无奈为之；他说翻译是手艺，译者是手艺人；他说翻译是一种遗憾的艺术。

本书作者亚当斯在今天的中国读者听来非常陌生，但在当时的英国，他的名字可是响当当的，他是非常出名的报人与戏剧评论家。亚当斯出生在伦敦一个书香门第，其父亲就是多产作家，一生著作一百多种，他继承了父亲的文学天赋，而且笔耕不辍。他的妻子和两个妹妹也是作家，弟弟是演员。亚当斯自己曾就读于爱丁堡大学，一八七五年成为《格拉斯哥每日新闻》主笔，后来又在《诺丁汉每日卫报》《寰球报》等报馆任编辑，撰写文学评论，开设剧评专栏，活跃于报界与文学、戏剧界。亚当斯一生著述颇丰，出版著作逾二十种，其中《英国文学辞典》《常用语与寓言辞典》《戏剧辞典》均为皇皇巨著，书话、文评、戏剧评论等散文作品也有好多种。亚当斯精通戏剧与诗歌——他的学识，似乎主要集中在戏剧和诗歌上。他读的书多，似乎也承袭了英国文人的传统，文人轶事装了满满一肚子，书话中俯拾皆是。天下文学传统，早先所重似乎多是诗歌和戏剧，英国文学亦莫能外。虽说自十七世纪开始，英国小说名家陆陆续续登场，至亚当斯生活时代，班扬、笛福、斯威夫特、司各特、狄更斯、奥斯汀、勃朗特……，如雷贯耳的名字已有一串，他们所创造的一个又一个人物（用英文说是 an army of characters）在英伦三岛已是家喻户晓，有的作品，如狄更斯的《匹克威克外传》，用“洛阳纸贵”来形容也不过分。但是，在当时的文人之间，诗歌与戏剧似乎仍然比小说更受推崇，这大概就是亚当斯此书所写多涉诗歌、戏剧的原因。重诗歌与戏剧，大概就是本书的第一个特点了。

英国文学的另一个传统，是重 wit。这个词似乎很难有一个汉语词来对应，总体上，大约就是“机智”“巧思”“风趣”。一个 witty 的人，是很受人欢迎的。这也就是亚当斯书话的第二个特点。通观书中各篇，几乎篇篇皆 witty，可以说是无 wit 不成篇。书中所提到的文人与戏剧家，多是 wits，看这本书，颇有些看解缙传的味道——当然，作者本身也是一个 witty 的人，而一个 witty 的人，写许多 witty 的人的 witty 的事，读这样的书，自然是一件乐事。

英国文学似乎还有一个重要的传统，就是讽刺。不知道这个传统是从什么时候开始的，反正乔叟、莎士比亚就颇擅此道，到了斯威夫特等人手中，几乎就是登峰造极了，即使一般文人，也以话中夹枪带棒、藏针裹刺为乐事能事，当然最妙的往往是把枪棒针刺包裹在棉花里、海绵里。这些，在《书林漫步》一书中也俯拾皆是。《文人相轻》一篇大约可以算是把文人讽刺的能事都囊括了，连湖畔派诗人也要拉来嘲讽一通，说他们的诗经过浩浩湖水稀释，名为湖畔派倒是恰如其分。

从英汉翻译而言，巧思、讽刺最难呈现，译者顿足捶胸时而有之，抓耳挠腮则更是习以为常。《文人相轻》一篇有一首诗，讽刺安德鲁斯的一部戏，说它既不新奇，也无妙语，假如它有妙语，那倒是新奇之物了。如果读者拿这首诗来说译者，译者不会生气，只会会心一笑，觉得读者真是解人。说不定，译者还可以学学英国文人的样，用斯威夫特那句诗来自嘲："我的书至少有一半很好。"亚当斯的原文是很好的。借用钱锺书的话来说，如果这本书有好的地方，那都要归功于原著；不好的地方，自然是译者的问题。在此恳请读者不吝指正。

本书原著装帧精美，设计典雅，泛黄的纸张，别有一番风味，这样的书，要是拿上一册，坐在春日的花园里，有那么一抹阳光，摩挲再三，真是人生乐事。

本书的翻译，得到宁波大学科学技术学院刘继华教授、吴燕飞老师和福建师范大学英语语言文学在读博士生徐琳琪老师的大力协助，在此谨表谢意。国内查资料，还是不太方便，在此感谢南安普敦大学高级研究员陆如钢博士、旅居奥地利的杨晓东博士、旅居德国的李舜英先生，当然还有陈焱先生，他们在我们翻译的过程中，帮忙查资料、提建议，给了许多指点。同时还要感谢我们的学生陈丹，花了不少时间帮忙整理资料。《舞台上的手帕》一篇，我们曾拿到宁波大学科学技术学院二〇一八级英语专业的翻译课上讨论，张益铭等同学的意见给了我们不少启发，在此一并致谢。

译　者

二〇二二年教师节前一日

于宁波大学科学技术学院